예티와 나 — 설화도 편

예타와 나
— 설화도 편

ⓒ 김영리 2024

초판 1쇄　　2024년 8월 7일

지은이　　김영리

출판책임　　박성규
편집주간　　선우미정　　　　　펴낸이　　이정원
기획이사　　이지윤　　　　　　펴낸곳　　도서출판 들녘
편집진행　　이동하　　　　　　등록일자　　1987년 12월 12일
표지디자인　　고유단　　　　　등록번호　　10-156
본문디자인　　하민우　　　　　주소　　경기도 파주시 회동길 198
편집　　이수연·김혜민　　　　전화　　031-955-7374 (대표)
마케팅　　전병우　　　　　　　　　　　031-955-7382 (편집)
경영지원　　김은주·나수정　　팩스　　031-955-7393
제작관리　　구법모　　　　　　이메일　　dulnyouk@dulnyouk.co.kr
물류관리　　엄철용

ISBN　　979-11-5925-892-3 (03810)

예티와 　 나

설화도 편

김영리 장편소설

푸른들녘

차례

2부 거짓의 칼끝

프롤로그

상상의 친구는 어린아이의 특성이다.

아이들에게 흔히들 나타나지만 자라면서 곧 사라질 현상이므로 크게 걱정하지 않아도 된다. 상상의 친구를 자랑할 수 있는 나이는 열두 살까지다. 보통의 아이들은 만 11세가 끝나기 전에 머릿속에서 그 존재를 지운다.

이연은 손가락을 허벅지 위에서 빠르게 두드렸다. 라흐마니노프의 피아노 협주곡 3번을 치는 것처럼. 미치지 않고서야 연주할 수 없다는 불멸의 곡을 재현하는 광기처럼, 이연은 손가락이 언제나 불안하게 움직였다. 잠시도 쉬지 않고.

건너편에 앉은 의사는 머리는 고정한 채 시선만 살짝 내려서 움직임을 주시했다. 날카로운 시선이 몸에 닿자 이연은 손가락을 딱 멈추었다.

머릿속 생각을 들켜선 안 된다. 여긴 나를 심판하는 자리다. 진정해, 침착하게.

이연은 앉은 자리에서 몸을 앞으로 내밀며 의사가 던진 질문에 대해 대답했다.

"상상의 친구는 동심이 파괴되지 않았다는 것을 증명하는 근거죠. 마치 산타클로스처럼요."

건너편에 앉은 의사는 말이 없었다. 담당 의사는 소아정신과 분야의 최고 권위자였고, 방금 이연이 인용한 표현은 그가 3년 전에 출간한 베스트셀러 『내 아이가 궁금해요』 187쪽 다섯 번째 줄에 나오는 구절이었다. 이연은 그 책의 모든 구절을 암기하고 있었다. 어떤 순간에 어떤 구절을 써먹을지, 삼십 분 전 이 방에 들어온 순간부터 머릿속으로 계속 굴리고 있었다.

의사는 의자에 다리를 꼬고 앉은 채 조금도 흐트러지지 않은 자세를 줄곧 유지했다.

"이연 학생은 산타클로스를 믿나요?"

또 저렇게 부른다. 내가 학생이 아닌 걸 뻔히 알면서. 학교 따윈 가 본 적도 없는데.

입가에 미소를 유지한 채 대답했다.

"믿어요."

이연은 표정 없이 의사의 머리에서 오른쪽으로 팔 하나 정도 떨어진 쪽으로 시선을 돌렸다. 의사는 미간과 양 볼에 힘을 주고 그 시선을 따라 고개를 돌려 제 옆을 돌아보았다. 아무것도 보이지 않았다.

의사가 다시 이연을 쳐다보았다. 이연이 귀 뒤로 단발머리를 넘기며 웃고 있었다. 장난이었다는 식으로 가볍게 눈을 굴리면서 혀를 내밀었다.

"크리스마스 날만. 그건 괜찮죠?"

이연은 자신이 괜찮아졌다는 것을 증명하려고 입가에 살짝 힘을 주었다. 많이는 말고 아주 살짝. 입이 찢어져라 웃었다가는 또 다시 창문도 없는 방에 감금될 테니까.

"그러니까, 이연 학생은 이제는 그 상상의 친구가 보이지 않는다는 건가요?"

"선생님 덕분에 조금씩 좋아지는 것 같아요."

존경심을 담은 호칭부터 과하지 않은 부사의 선택, 적절한 서술어까지 수십 번은 연습한 말이었다.

나는 더는 어린아이가 아니다.

전하고 싶은 메시지는 분명했다. 머릿속 말이 밖으로 튀어나오지 않도록 통제할 수 있다는 듯이, 의사를 똑바로 응시했다.

"밤에 잠은 좀 어때요?"

"신생아처럼 잘 자요."

"마지막으로 그 꿈을 꿨던 때가 언제죠?"

빌어먹을.

다그치는 듯한 질문에 입을 다물었다. 목구멍 아래에서 욕이 넘실거렸다. 제 안에 누르고 있는 것들이 터지기 일보 직전이었다.

처음 이 정신과 의사를 만났을 때 이연은 지금보다 더 어렸고 순진했다. 그래서 그를 붙잡고 도와달라며 모든 걸 말했다. 매일 밤 꾸는 꿈 얘기도. 그 무렵 이연은 현실과 환상을 구분하지 못했다. 꿈에서도 현실에서도 매순간 상상의 친구가 보였다.

담담한 척 목소리를 꾸며냈다.

"글쎄요, 마지막이 언제인지 모르겠어요. 너무 오래돼서."

의사는 말없이 바라보았다. 이연이 뱉은 말이 진실인지 거짓인지 간파하려는 듯이. 약간의 시간이 지난 후 패드에 낙서하듯 끄적였다.

"좋아지는 것 같으니 약을 두 개 줄여보죠. 다음 주 이 시간에 다시 만납시다."

그러니까 계속 약을 먹이겠다 이건가? 내 머리를 계속 쥐고 흔드시겠다? 그 알량한 약으로?

스멀스멀 화가 치밀어올랐다. 열다섯은 세상을 뒤집어엎는 게 조금도 두렵지 않은 나이였다.

"네 선생님. 다음 주에 뵐게요."

이연은 해사하게 미소로 응대하며 자리에서 일어났다.

"이연 학생." 의사가 나지막이 불렀다. "여기서 약 먹고 가야죠."

의사는 약과 물컵을 내밀었다. 알약은 총 일곱 개였다. 두 개가 줄어든 것은 맞지만, 그중 세 개의 약 모양이 미묘하게 바뀌어 있었다. 이연은 손만큼 동체 시력이 빨랐다.

난 미치지 않았어. 절대.

속으로 곱씹으며 담담한 표정으로 약을 받아먹었다. 목을 뒤로 젖혀 약을 넘기는데, 세 면이 맞닿는 천장 모서리에 검은 점이 보였다.

빌어먹을 감시자들.

확실히 넘겼다는 걸 확인해주려고 혀를 길게 내밀었다.

자정이 가까운 밤, 이연은 경호원 둘과 함께 19층 병원을 나왔다. 저명한 의사는 모두가 퇴근한 야심한 밤에 이연을 위해 특별 상담을 준비해둔 것이다. 이연은 다른 사람들 눈에 띄면 안 되는 VVIP니까.

경호원들은 도심 외곽의 오피스텔 앞까지 이연을 태워다주었다. 이연이 36층 오피스텔에 들어가 불을 켜는 걸 보고 나서야 그들은 퇴근했다.

화장실로 들어가서 세면대에 물을 세게 틀어놓고 손가락을 넣어 구토를 유도했다. 하지만 차를 타고 오는 사이 약이 몸에 흡수됐는지 노란 위액만 길게 나올 뿐이었다. 약이 점점 독해지고 있었다. 효과가 없다는 걸 알면서도 한참 동안 벅벅 양치를 한 후 화장실에서 나오는데, 주방에 사람이 있었다. 여자 경호원이었다. 신입 경호원이 장을 봐온 식료품을 정리하러 들어온 것이다. 경호원이 한 달 사이 두 명이 더 늘었다.

나한테 필요한 건 이딴 경호원들이 아닌데.

신입 경호원은 이연처럼 짧은 단발머리였다. 한 발 앞으로 다가가 장바구니를 살펴보며 말을 건넸다.

"콜라가 없네요? 콜라 좀 채워달라고 저번에 메모지 붙여놨는데."

여전히 말이 없었다. 나와 절대로 대화하지 말라고 따로 지시라도 받은 걸까. 예상했지만, 쓸쓸했다. 최근에 바뀐 신입이라서 이 사람은 좀 다를까 싶었는데. 심심한데, 좀 놀려줄까.

"혹시 상상의 친구 있어요? 없어요?"

발랄하게 묻는 질문에 악의는 없었으나 조롱이 배어 있었다. 새로 들어온 것 같은데, 너도 나에 대해 좀 알아야 하지 않겠냐고 짓궂게 구는 것이다.

신입 경호원은 대답하지 않았다. 꽤나 철저하게 교육받았나 보네. 재미없다며 돌아서려는데, 경호원이 장바구니에서 꺼낸 물건을 정리하며 뒤를 흘깃거리는 게 눈에 들어왔다. 몸짓이 부자연스러웠다.

이연은 몸을 빼서 그쪽을 보았다. 아무도 없었다. 귀신이 쫓아다닌다는 망상에 빠진 건가. 이 신입 경호원에게는 상상의 친구가 괴담 속 공포의 일종이 아닐까 하는 생각이 문득 들었다.

신입 경호원은 장바구니 바닥 깊숙한 곳에서 콜라를 꺼냈다. 이연이 콜라를 전해 받으려는 순간, 경호원이 불쑥 손을 잡았다. 갑작스러운 접촉에 당황해서 뒤로 몸을 빼려는데, 경호원이 콜라병 포장지의 한 귀퉁이를 엄지로 누르며 빠르게 눈짓했다.

이연은 본능적으로 눈동자를 내려 콜라병을 감싼 포장지 귀퉁이를 보았다. 콜라 성분 표시가 깨알같이 적힌 부분 중간에 콜라와는 상관없는 글이 쓰여 있었다.

— 이연아생일축하해선물은베개아래있어검은점들을조심해

놀란 눈으로 다시 고개를 들었을 때, 신입 경호원은 오피스텔 밖으로 나가고 없었다.

뭐지. 날 떠보는 건가. 아니면….

아우성치듯 들끓는 속내를 감추고 태연하게 콜라를 마시면서 침실로 향했다. 분노의 양치 후 바로 마시는 콜라는 최악이었다. 미간이 찌푸려졌지만, 의심을 사지 않기 위해 끝까지 마셨다.

침실은 효율적인 수면을 위해 암실처럼 어둡게 만들어져 있었다. 눕자마자 베개 아래에 손을 넣어보았다. 차갑고 딱딱한 게 만져졌다. 전자 패드였다. 소리가 나올까봐 반사적으로 입을 가렸다.

함정일까. 왜 나한테 이런 걸 준 거지?

조금 전, 신입 경호원이 냉장고 뒤쪽을 의식하던 모습이 망막에 맺혔다. 이연은 손가락으로 제 입술을 문질렀다. 어렸을 때부터 생각에 빠지면 종종 나오는 버릇이었다.

물을 마시러 가는 척 주방으로 나왔다. 냉장고 문을 열었다가 닫으며 재빠르게 천장 모서리를 힐끗 보았다. 검은 점 같은 무언가가 눈에 들어왔다. 불법 감시용으로 애용되는 초소형 카메라였다. 크기가 저렇게 작은데도 대상을 고화질로 살펴볼 수 있다고 했다.

심장이 거세게 뛰었다.

다시 침대에 누워 이불까지 덮은 뒤 패드의 전원을 켰다. 제일 먼저 한 일은 저 CCTV를 팔아먹는 사이트를 해킹하는 것이었다.

이연은 크래커였다. 불법적인 일을 저지르는 어둠의 해커 '균열을 일으키는 자', 크래커. 불법으로 기업 비밀을 캐서 정부 요원에게 넘기는 게 이연의 일이었다. 한때는 그랬다.

오피스텔은 이미 감시용 카메라가 점령하고 있었다. 경호원을 밀착 감시조처럼 배치한 데다 그 수까지 늘어서 설마 작업실까지 이런 장치를 심어놨을 줄은 생각지 못했다. 이연은 스스로가 너무 안일했음을 느꼈다.

언제부터 이곳까지 감시한 거지?

이불 안에서 밤새 패드로 사이트를 해킹했다. 2년 전부터 감시 자들이 자신을 지켜본 정황이 나타났다. 분노가 명치 끝에 단단히 맺혔다. 홀린 듯이 손동작이 빨라졌다. 그것은 이연의 장점이자 단점이었다. 이연은 뭐든 시작하면 끝을 봐야 하는 성격이었다. 그 끝에 기다리고 있는 것에 자신이 끝내 잡아먹힐지라도.

구매자 목록과 주소를 해킹하다가 CCTV 신모델이 설치된 감시망까지 침투했다. 최고 보안 등급이 걸려 있어서 애를 좀 먹었지만, 끝내 방화벽을 뚫었다. 그런데 거기서 믿을 수 없는 것들을 발견했다.

처음에는 드라마가 펼쳐지는 줄 알았다. 사람들의 옷차림도 그렇고, '천군'이니 '소도'니 하는 것들이 마치 기괴한 사극처럼 느껴졌기 때문이다. 돈벌이에 미친 유튜버가 준비하는 리얼리티 쇼인가 싶어 발신지를 추적했다. '설화도'라는 지역이 위도와 경도 사이로 떠올랐다.

설화도라면, 무인도로 알려져 있잖아. 왜 거기에 사람이 있지?

빠르게 손가락을 움직여 설화도의 모든 CCTV를 해킹했다. 그 섬에서 사는 사람 중 아는 얼굴도 있었다. CCTV 화면에 잡히는 얼굴들을 획획 넘기다가 문득 한 얼굴에서 멈추었다.

"말도 안 돼. …네가 왜, 왜 거기 있어."

자리에서 벌떡 일어났다. 도저히 이불 속에 누워 있을 수가 없었지만, 갈 곳이 없었다. 밖으로 나가면 경호원이 따라붙는다. 집안을 걸어다니면 감시자들이 이상하다는 것을 눈치챈다.

콜라를 먹은 게 불편한 듯 가슴을 주먹으로 두드리는 연기를 하며 화장실로 들어갔다. 문을 꽉 닫은 후 두꺼운 맨투맨 상의 안에서 패드를 꺼냈다. 잘못 본 게 아니었다. 몇 시간 전 정신과 의사 앞에서 존재 자체를 깨끗이 부정했던, 오래된 상상의 친구가 설화도에 있었다. 온몸이 떨렸다.

"진짜였어. 내 상상이 아니었어."

패드 화면 아래쪽에 작게 네모난 창이 떴다. 설치되어 있던 메신저로부터 쪽지가 도착했다.

— 오랜만이야, 심연.

1부
심연의 괴물

하늘 손님 오신다

젠장, 또 눈이다.

이연은 하늘을 노려보았다. 새하얀 눈이 두 볼에 닿는 순간 눈살이 찌푸려졌다. 식초를 뭉친 것처럼 따끔했다. 요 며칠 잠잠하다 싶었는데 다시 눈이 내리기 시작했다.

그 누구도 눈이 내리는 걸 막을 수 없었다. 눈은 의지를 가진 생물처럼 내려야겠다고 마음먹으면 어떻게든 지상으로 왔다. 아무도 반기지 않고 모두가 싫어하는 데도. 사람의 마음은 제 알 바 아니라는 듯이.

밤새 내린 눈이 아침 햇볕을 받아 깨끗이 닦은 장난감의 모서리처럼 반짝거렸다. 눈이 닿는 모든 곳이 눈부시게 하얬다. 눈이 멀 것처럼 쨍하게 하얀 세상은 잔인하게 아름다웠다.

둥 둥 둥 둥.

멀리 산에서부터 북소리가 들려왔다. 정신 차리라고 뒷덜미를 잡아채듯 북소리가 사방으로 퍼져나갔다. 인정사정없이 심장을 매질하는 듯한 북소리에, 정신이 퍼뜩 들었다. 이러고 있을 때가 아니다. 금방 그칠 눈이 아니다.

가슴까지 덮는 긴 머리카락을 천 쪼가리로 질끈 묶고, 미리 준비해둔 나물과 침통을 챙겨 저고리 안에 욱여넣었다. 꿰맨 자국이 가득한 버선을 신고 그 위로 짚신을 덧댄 후 처마 안쪽에 섰다. 준비는 마쳤다.

흉곽이 꽉 차도록 숨을 크게 들이마신 뒤 머리 위로 거적때기를 뒤집어쓰고 마을로 뛰었다. 눈 때문에 미끄러졌다가 일어나기를 수차례 반복한 끝에 마을 입구에 다다랐다.

제발 없어라, 제발.

붉은 표식이 보이지 않기를 간절히 바라며 온 마을을 천방지방 뛰어다녔다.

오늘은 무사히 지나간 건가.

안도의 숨을 내쉬는 순간, 바닷바람에 사립문이 삐걱대는 소리가 들렸다. 사립문 끝에 묶어놓은 붉은 천이 을씨년스럽게 휘날리고 있었다. 집에 환자가 있다는 표시였다.

입을 앙다물고 다 쓰러져 가는 초가의 방 문을 열었다. 방에는 두 사람이 있었다. 병색이 짙은 젊은 여인이 바닥에 누워 있었고, 그 옆에는 아주머니가 천 조각을 뭉쳐 그녀의 식은땀을 닦아내고 있었다. 아주머니 목소리 끝이 떨렸다.

"하늘 손님이 오셨어."

사경을 헤매는 젊은 여자는 얼마 전 혼례를 올린 새댁이었다. 이연이 평소에 얼굴도 씻지 않고 사방팔방 침통을 들고 마을을 돌아다닐 때면, 그녀는 이연의 팔을 딱 붙잡고는 가만 좀 있어 보라며 눈곱을 떼주곤 했다. 평소에 매무새가 깔끔해야 천군이든 그 병사든 우리를 짐승이 아니라 사람으로 볼 거라면서. 잔소리를 꼬리처럼 달고 마당에서 그녀와 함께 잡초를 뽑던 게 불과 며칠 전이었다.

"수정 언니, 저 왔어요."

이연이 다정하게 그녀의 손을 잡았다. 바깥을 오래 헤맨 차가움이 손에 전해지자, 수정이 스르르 눈을 떴다. 일시적으로 주어진 경치를 바라보듯 눈에 총기가 보이지 않았다. 아주머니는 소매를 걷어 수정의 팔 안쪽까지 구석구석 물수건으로 닦으며 나직이 말했다.

"꿈에 자꾸 보인다더니, 또 남편 뼛가루를 뿌린 곳에 다녀왔나 봐."

수정의 남편은 일주일 전에 죽었다. 제 아내에게 주려고 천군의 병사에게서 발목을 덮는 튼튼한 장화를 사고 싶어서, 폭설이 내리는데도 나무를 해온다며 나간 지 며칠 되지 않아서였다.

벽면에는 낙서가 가득했다. '수정 ♡ 진구'라는 글자 아래 결혼 날짜가 적혀 있었다. 하지만 벽 어디에도 남편이 죽었다는 것은 적혀 있지 않았다. 그것만은 잊지 않은 것일까. 아니면 그것을 적어야 한다는 것조차 잊어버린 것일까.

이연이 감정을 추스르고 품에서 낡은 침통과 말린 나물을 꺼냈다.

"전에 스승님께서 열 내리는 데에 좋다고 하신 나물이에요."

"어떻게 구한 거야? 씨가 마른 지 오래됐다더니."

이연은 대답하지 않았다.

"설마, 거기까지 들어간 건 아니지?"

"들어가진 않았어요. 그 근처에만 갔어요."

"그러다 천군의 병사들한테 걸리면 어쩌려고? 그 주변은 죄다 그들이 지키고 있을 텐데."

"안 걸렸어요. 종일 지키고 서 있진 않더라고요."

"케엑, 크, 크윽."

아주머니가 이연에게 더 잔소리하려는데, 수정이 혼몽한 중에 기침하며 피를 토했다. 핏덩이가 기도로 넘어가지 않게 하려고 황급히 수정을 반쯤 일으켰다. 이연은 침통에서 침을 꺼냈다. 정성껏 관리해서 침 끝이 반들반들했다. 스승에게 배운 대로 수정의 몸에 조심조심 침을 놓았다.

시간이 흘러 이연이 마지막 침을 뺄 때, 아주머니가 나물을 팔팔 끓여 달인 물을 들고 들어왔다. 수정은 몇 모금 넘기지 못하고 죄다 토했다.

"먹어요 언니. 그래야 살지. 비려도 무조건 넘겨야 해. 응?"

"으…."

넘겼다 토하기를 반복하다 수정은 지쳐 잠이 들었다. 토로 얼룩진 옷을 갈아입히려고 이연이 함을 열었다. 코피를 흘린 자국들이 옷마다 가득했다. 그것들을 지워보려고 얼마나 옷을 비볐으면 적갈색으로 물든 천이 우글쭈글했다.

아주머니는 수정의 손발을 주무르면서 주책없이 흐르는 눈물을 손등으로 훔쳤다.

"하늘 손님이 오신 날은 절대 집 밖으로 나가선 안 된다고 신신
당부했는데…."

이연은 고통의 흔적으로 얼룩진 옷을 함에 구겨 넣으며 짓씹어
뱉었다.

"빌어먹을 손님은 무슨."

"그런 말 하지 말랬지. 하늘 손님께서 더 화내면 어쩌려고 그
래!"

아주머니는 사색이 된 얼굴로 이연을 꾸짖었다. 손님이라는 표
현에는 질병을 높이는 동시에 그것을 옮기는 신이 손님처럼 이집 저
집 돌아다닌다는 뜻이 담겨 있었다. 손님으로 높여 불러서 병을 내
리는 재앙의 노여움을 조금이라도 덜어보자는 믿음에서 비롯된 호
칭이었다.

"그것만으로는 안 된다니까!"

목수 아저씨가 부엌에 나무를 층층이 쟁여두고 방으로 들어
오며 말했다. 방바닥이 뜨뜻한지 손바닥을 대서 확인한 후 말을 이
었다.

"앞으로 하늘 마마라고 부르자고 했잖아."

목수 아저씨는 '하늘 마마'라고 최상의 존칭을 붙이지 않아서
사람들의 병이 심해졌다고 믿었다. 마을 사람들 모두가 그랬다. 아
무것도 가진 것이 없는 자들에게는, 그것이 설사 지푸라기일지라도
꽉 쥐고 매달릴 절대적인 믿음이 필요했다.

이연은 숨도 쉬지 않고 말했다.

"이건 그냥 병이에요. 전염병이 아니라 눈과 비가 지랄 맞아서 생긴 병이라고요. 손님이든 마마든, 이 괴물 같은 병을 높여 부르는 것 좀 그만하면 안 돼요?"

아주머니가 이연의 뺨을 모질게 때렸다.

"아무리 어려서 철이 없어도 그렇지. 어서 하늘을 향해 용서를 빌어!"

이연은 혀로 이를 쓸었다. 이가 흔들리는 것 같았다. 아주머니가 혼신의 힘을 다해 때린 것이다. 그만큼 마을 사람들은 하늘에 대한 두려움이 뿌리 깊었다.

"병이 낫기만 하면 용서를 빌든 사과를 하든 백 번이고 천 번이고 할 수 있어요."

이연은 사람을 못 고치는 제 무능함에 화내듯 하늘을 향해 고래고래 소리질렀다.

"하늘 마마님! 저희 좀 굽어살펴주세요! 제발 이렇게, 저희를 괴롭히지 마시라고요!"

하늘에서는 어떤 응답도 돌아오지 않았다. 그 당연함에 매번 가슴이 무너지고 찢겨나갔다. 누구도 설화도 사람들을 도와주지 않았다. 그들에겐 오직 그들 자신뿐이었다.

목수 아저씨 덕분에 방바닥은 절절 끓을 정도로 따뜻해졌고, 아주머니 역시 손발을 주무르기를 한시도 멈추지 않았지만, 모두의 간절한 기도에도 불구하고 수정은 밤을 넘기지 못했다.

다음 날 아침 거짓말처럼 눈이 그쳤다. 수정의 죽음이 입에서 입으로 전해져 설화도 사람들이 모두 거리로 나왔다. 마지막 길을 배웅하기 위해서였다.

"이연아, 울어도 돼."

장례 행렬을 뒤따르며 아주머니가 위로했지만, 이연은 고개를 가로저었다. 자신은 울 자격이 없었다. 스승님이 살아 계셨다면 다른 결과가 나오지 않았을까.

아주머니는 지난밤 이연에게 모질게 굴었던 게 마음에 걸려, 사과 대신 위로를 전했다.

"이연아, 넌 우리들의 하나뿐인 의원이야."

"이렇게 멍청한 의원이 어딨어요. 하루가 멀게 사람들이 죽어 가는데."

"아프지 않게 해주려고 늘 애쓰잖아. 이 세상에 장례를 치러주는 인연보다 더 큰 인연은 없댔어. 우리 모두 최선을 다해…."

아주머니는 말을 끝맺지 못한 채 아이처럼 울음을 터뜨렸다. 삼키지 못한 곡소리가 입 밖으로 흘렀다. 이연 역시 눈물을 흘렸다. 지옥의 섬 설화도에서 이연을 버티게 해주는 건 오직 사람들을 살릴 수 있다는 믿음 때문이었다. 그런데 또 죽었다. 이번에도 살리지 못했다.

손이 빨개지도록 눈을 주먹으로 움켜쥐고 서럽게 울었다.

지옥의 섬 설화도

"빌어먹을, 또 늘었네?"

1년 전, 설화도 해안가에서 눈을 떴을 때, 이연이 처음 본 것은 천군의 병사들이었다. 이연은 몸이 흠뻑 젖은 채로 모래사장에 널브러져 있었다. 병사들은 귀찮다는 표정으로 팔을 양쪽에서 잡고 이연을 질질 끌었다. 이연은 온몸이 천근만근으로 무거운데 머리는 깨질 듯이 아파서 저항하지 못했다. 하늘에서 눈이 내리기 시작하자 병사들은 짜증을 내면서 이연을 마을 입구에 짐짝처럼 던져 놓고 가버렸다.

추, 추워… 너무 추워.

끔찍한 추위에 생각조차 얼어붙는 듯했다. 이빨이 부딪는 소리가 뇌리에 울렸다. 이연은 그렇게 서서히 죽어갔다. 죽어간다고, 생각했다.

내가 왜, 왜 죽어야 하는데!

손가락이 분노를 동력 삼아 움직이기 시작했다. 가망 없을 정도로 손이 얼어붙었으나, 이를 악물고 마을 입구에 세워진 거대한 나무 아래로 기어갔다. 눈을 맞으면 아프게 된다는 무언의 위기감에 본능적으로 몸이 먼저 움직였다. 가지가 촘촘히 뻗어 있는 소나무 아래서, 무릎을 가슴 쪽으로 끌어당기고 두려움에 사로잡힌 눈으로 주위를 둘러보았다. 눈이 내리는 날이라 거리는 텅 비어 있었다.

멀리서부터 한 노인이 거적때기를 뒤집어쓴 채 눈을 헤치고 달려왔다. 이연은 몸이 너무 얼어붙어 입을 떼는 것도 어려웠다. 노인은 걱정스러운 얼굴로 털모자를 벗어 이연에게 씌워주었다.

"이렇게 눈을 맞고 있어선 안 돼."

이연이 커다란 눈을 번들거리며 소리를 쥐어짜냈다.

"누, 누⋯."

"누구냐고? 따뜻한 데로 가서 이야기하자."

노인은 이연을 자기 집으로 데려갔다. 방문을 열자마자 낯선 냄새가 추위를 뚫고 확 밀려들어왔다. 방에 나물을 말린 것들이 가득해 냄새가 역했다. 이연은 몸을 돌려 속엣것을 게워냈다. 노인은 등을 두드려주었다.

"더 토해라. 나쁜 것들을 다 토하면 속도 가라앉고 뭔가 기억날지도 모르지."

"기억⋯이요?"

"간혹 제 이름을 스스로 기억하는 사람도 있으니까. 혹시 이름이 기억나니?"

이연은 금붕어처럼 입을 열었다 다시 닫았다. 깊은 바닷속 거센 해류에 휘둘리는 물풀처럼 동공이 흔들렸다.

"네 가슴 쪽에 실로 새겨진 게 있을 게다. 그게 네 이름이야."

시선을 아래로 내려보니, 너덜너덜한 상의에 숫자와 글자를 실로 박은 흔적이 있었다.

"십칠 심이연?"

앞의 숫자는 나이, 뒤의 글자는 이름이었다.

"글자를 읽을 수 있어 다행이구나. 아주 좋은 신호야."

그간 글을 읽는 법조차 잊어버린 사람이 많았다면서, 노인은 밝은 표정을 지었다. 노인은 젖은 옷을 갈아입으라며 제 옷 중 가장 깨끗한 것을 내어준 뒤 부엌으로 갔다. 이연은 노인을 믿지 않았다. 하지만 믿지 않고 버티기엔 너무 추웠다. 그래서 젖은 옷 위에 노인이 준 옷을 껴입었다. 불신과 추위 속에서 생각해낸 타협점이었다.

한참 후 노인이 멀건 죽을 끓여 들고 왔다. 이연은 조금 전 토한 것도 잊고 허겁지겁 그릇을 잡고 들이켰다. 따뜻한 방에서 허기가 어느 정도 가시자 미뤄온 질문을 시작했다.

"여긴 어디예요?"

"설화도."

침묵 속에서 엇갈린 기대가 교차했다.

노인은 그 이름을 듣고 소녀의 눈빛이 변하기를 기대했지만, 소녀는 왜 더 설명하지 않는지 알 수 없다는 듯 고요하게 바라볼 뿐이었다.

"정확한 위치는 우리도 모른다. 마을 사람들 모두 그 전의 기억이 없거든. 어느 날 갑자기 눈 떠보니 설화도 해안가였으니까."

어쩌면 이 소녀는 기억이 돌아오지 않을까.

노인은 기대를 걸었지만, 설화도에 지내는 날이 길어질수록 이 연은 다른 사람들과 같아졌다. 구멍이 숭숭 뚫린 거미줄처럼 기억이 엉성해져 제 이름마저 헷갈릴 때도 있었다. 그럴 때마다 자신을 증오했으며, 기억나지 않는 과거에 괴로워했다.

"여긴 지옥이야."

설화도에서 눈을 뜬 지 한 달째 되던 날이었다. 이연은 설화도를 탈출하겠다며 천둥벌거숭이처럼 뛰어다니다가 눈을 너무 많이 맞아서 정신을 잃고 거리에 쓰러졌다. 노인이 이연을 구하려고 거적을 뒤집어쓰고 달려왔다.

노인은 설화도에서 유일한 의원이었다. 하지만 노인의 힘만으로는 이연을 살리기 어려웠다. 이연이 쓰러졌다는 소식에 설화도 사람 모두가 의원의 집으로 왔다. 한 시간마다 새 옷으로 갈아입히기, 혈액순환을 위해 발바닥 때리기, 눈이 담긴 정화수를 떠놓고 첫 새벽이 오기 전까지 기도하기 등등 온갖 미신이 총동원되었다.

이연은 설화도 역사상 가장 나이가 어린 소녀였다. 마을 사람 모두 그녀를 꼭 살리고 싶었다. 그들에게 이연은 미래고 희망이었다. 밤새 돌아가며 이연을 돌보았고, 그 절실한 마음들이 모여 이연을 살렸다.

노인이 손수 끓인 미음을 숟가락으로 떠먹이며 말했다.

"모두의 간절함이 널 살렸다."

이연도 알고 있었다. 의식의 끈을 놓았다 붙잡았다 다시 놓치는 사이, 옆을 지키던 사람의 얼굴이 계속 바뀌었으니까. 젊은 만큼 병을 이기는 힘도 컸다. 이연은 일주일 만에 자리를 털고 일어났다.

죽다 살아난 이연은 노인을 스승으로 모시겠다며 그 앞에 무릎을 꿇었다. 기뻐할 거라고 생각한 이연의 기대와 달리 늙은 의원은 등을 돌렸다.

"넌 하지 마라. 의원은, 평생 다른 사람들 고통을 헤아리며 살아야 해. 쉬운 일이 아니다."

"하지만 꼭 필요한 일이잖아요."

만약 이연이 좋은 일이니뭐니 했으면 돈도 못 번다고 일침을 가하려고 했다. 의원은 쓸쓸히 미소 지으며 어깨를 두드려주었다. 그날 이후 이연은 노인을 따라 사람들을 살리는 법을 배웠다.

이연이 침을 놓는 법, 약이 되는 나물을 구분하는 법을 배운 지 몇 주 되지 않았을 때였다. 의원은 밤새 내린 눈을 뚫고 환자를 고치러 갔다가 그만 묵은 병이 악화해 몸져누웠다.

켜켜이 쌓인 병이 깊어지던 어느 밤, 의원은 이연을 불러 앞에 앉혀두고 나직이 말했다.

"설화도에서는 결코 손 대면 안 되는 세 가지가 있다. 무엇이냐."

"천군의 약방, 천군의 우물, 천군의 밀실입니다."

"금기를 어길 시엔?"

"천군으로부터 천벌이 내려집니다."

그날도 늘 하던 문답을 반복했다. 설화도 사람 모두가 아는 사실이었다. 설화도의 절대 군주는 천군이다. 천군은 신으로부터 선택받은 지배자로, 나는 새도 떨어뜨릴 무소불위의 권력 그 자체였다. 권력의 날개 아래가 가장 안전하다는 것은 동서고금을 막론하고 모두가 아는 사실이었다. 천군과 그 병사들은 섬사람과 달리 건강했고 단 한 명도 죽는 걸 본 적이 없었다.

그들은 천궁이라는, 마을 사람과 담장으로 분리된 궁에서 살았다. 천궁 깊은 곳 천군의 약방에 귀한 약재가 숨겨져 있다는 소문이 전설처럼 퍼져 있었다. 그 전설만 믿고 사람들 몇몇이 힘을 모아 천궁을 습격했다가 병사들에게 잡혀 죽는 경우가 허다했다.

살고 싶다는 욕망은 날카로운 무기 앞에서 꺾였다. 사람들은 천군의 병사들을 두려워했다. 천군의 병사들은 사람들이 천궁을 습격하기만 기다린다는 소문이 있었다. 그 핑계로 사람들을 맘껏 죽일 수 있으니까.

이연이 심상한 어조로 답하고는 등불에 기름을 부어 교체하는데, 의원이 무거운 목소리로 일렀다.

"약방은 천궁의 동쪽, 우물은 서쪽, 그리고 밀실은 남쪽에 있다."

"네…?"

"하지만 실제로 밀실이 어디 있는지 또 밀실에 무엇이 있는지는 아무도 모르지. 오직 천군밖에는."

"스승님은 어떻게 알게 되신 겁니까?"

"오래전 천군의 병사를 치료해 준 적이 있다."

"천궁에는 신이 주신 약이 가득하다면서요? 뭐하러 스승님께 병사가 찾아옵니까."

"허험, 내가 침술이 뛰어나니 달 없는 밤에 몰래 찾아온 게지."

"병환이 깊어서 언제 돌아가실지 모르는데, 농이 나오십니까?"

"네가 나 대신 밤낮으로 울고 있지 않으냐. 그러니 나라도 웃어야지. 웃으며 마지막 길을 걸어야지."

이연은 아무 말 없이 고개를 숙였다.

"이연아, 내가 이 이야기를 해주는 이유를 알겠느냐."

"암요. 제가 천궁에 들어가 약이고 물이고 싹 다 쓸어오겠습니다. 밀실 거기도 찾기만 하면 숨겨 놓은 보물을 제가 엄청나게 빠른 손으로 사사삭 다 가져올게요!"

이연은 열 손가락을 악기 연주하듯 화려하게 움직였다. 이연이 손이 빠른 건 설화도에서 유명했지만 그건 사람들을 고치는 데에 도움이 되지 않았다. 의원은 성격이 급해 침을 빨리빨리 놓으려는 이연에게 환자를 고치는 건 정성이라고 아침저녁으로 훈계했다.

손이 빠른 걸 두고, 사람들 몇몇이 설화도에 오기 전 이연이 물건을 훔치는 도적패가 아니었을까 추측했지만, 농으로라도 절대 입 밖에 낼 수 없었다. 제자에게 못된 소리를 하는 사람에겐 의원이 침을 더 아프게 놓는다는 소문이 파다했다.

이연의 느닷없는 호연지기에, 의원의 얼굴은 사흘 내놓은 떡처럼 굳었다. 곶감처럼 쪼글쪼글한 볼 위로 짙은 선이 드러났다.

"절대 그러지 말라고 일러두는 것이다. 천궁에 몰래 들어갔다가 살아나온 사람은 이제껏 단 한 명도 없다."

"그러니까 제가 설화도 역사를 새로 쓸…."

"이노옴! 이래서야 내가 편히 눈을 감을 수가 있겠느냐!"

의원의 호통은 매서웠다. 이연은 의원을 존경했고 의원 역시
이연을 아꼈지만, 천궁 문제만큼은 이견이 좁혀지지 않았다. 마지
막 순간까지 의원은 어디로 튈지 모르는 이연을 걱정하다 눈을 감
았다.

언젠가 천궁에 꼭 들어가겠다고 맘먹은 것은 의원을 묻고 돌아
오는 길에서부터였다. 걱정만으로는 현실을 바꿀 수 없었다. 누군가
나서야 한다면, 무조건 자신이어야 한다고 확신했다. 사람들을 살
리기 위해 더 늦기 전에 행동하기로 했다.

수정의 장례 행렬이 길게 이어지는 동안 이연이 천궁 쪽을 응
시했다.

"천군의 약방을 털어야겠어요."

"가지 말아…. 그러다 잡히면 죽어."

"우리가 살길은 그것뿐이에요."

짚신을 야무지게 고쳐 신었다. 한 번 맘 먹은 일은 기필코 해내
고야 마는 성미였다. 앞뒤 재지 않고 돌진하려는 이연의 머리 위로
거친 음성이 들렸다.

"그래! 빌어먹을 눈 맞아 죽느니 때려 죽어도 우리도 약 한 번
써봐야지."

"망태 할아버지!"

아주머니는 고개를 돌려 그런 말 하면 안 된다고 쏘아붙였다. 하지만 망태 할아버지는 멈추지 않았다.

"우리가 살려면 저 미친 설괴가 소도에서 춤을 추지 못하게 다리를 불질러야 해!"

감정이 격해져 산을 향해 삿대질했다. 너무 흥분해서 '분지르다'가 '불지르다'가 되어버렸고, 그래서 그 말이 더 무섭게 들렸다.

낮말은 새가 듣고 밤말은 쥐가 들으니, 모두 입조심해야 한다고 한 게 망태 할아버지였다. 그랬던 그가 근래 기력이 넘쳐 성미가 더 괄괄해졌고 말도 거침없어졌다. 그는 나무를 깎아 만들었다는 수통을 습관처럼 홀짝거렸다.

"서, 설괴라니….."

아주머니를 비롯해 사람들 몇몇이 '설괴'라는 말에 겁먹었다. 하늘 손님을 불러내는 게 바로 설괴였다.

소도에서 설괴가 저주를 내리는 춤을 출 때마다 하늘에서 눈이 내리고 그 눈에 설화도 사람들이 죽어간다. 그래서 천군의 병사들이 소도에 설괴를 가두고 마을로 내려오지 못하도록 교대로 지키는 것이라고 했다. 천군의 병사들은 그런 막중한 임무를 하는 사람들이기 때문에 천궁이라는 특별한 곳에 사는 것이라고, 어디서부터 시작되었는지 알 수 없는 발 없는 말이 설화도를 돌았다. 스산하게 섬 전체를 휘도는 바람처럼, 끝나지 않는 돌림 노래처럼.

장례 행렬이 어수선해지면서 사람들이 술렁거렸다.

"지금 천궁으로 가겠다는 거야, 소도로 가겠다는 거야?"

"천궁이든 소도든 절대 안 되지."

"그런 무서운 말 입에 올리지들 말어! 다들 죽고 싶어?"

사람들은 혹여 천군의 병사들이 그들의 이야기를 듣고 있을까 봐 사시나무처럼 벌벌 떨었다. 또다시 죽음의 눈이 시작되면 어쩌나, 북소리가 소도에서부터 들려오진 않을까 겁에 질려 있었다. 동요했다.

오직 이연만 담담했다. 사람들이 설왕설래하는 사이 이연은 은밀히 행렬 뒤로 빠졌다. 몸을 돌려 천궁으로 뛰었다.

눈이라도 덮지 못할 고깔고깔

해안가를 등진 채 이연은 천궁을 바라보고 섰다.

천궁은 설화도 해안가 반쪽을 초승달 모양으로 길게 둘러싸고 있었다. 오랜 관찰 끝에 보초가 없는 곳을 노려 담을 넘었다.

천궁에 들어서자마자 어느 쪽으로 갈지 고민했다. 남쪽과 서쪽도 끌렸지만, 지금 가야 할 곳은 무조건 동쪽이었다. 언제 천군의 병사들에게 걸릴지 모르기에 걸음을 서둘렀다. 약방은 찾기 쉬웠다. 천궁의 동쪽 끝으로 향할수록 의원의 방에서 이연이 숱하게 다뤄온 약들과 유사한 향이 풍겼다. 문 옆쪽 벽에 붙어서 60초를 세며 기다렸다. 고요했다. 심호흡을 크게 한 후, 조심조심 문을 열고 안으로 들어갔다.

약방은 기대한 것과 완전히 달랐다. 쉬지 않고 수증기를 뿜어내는 정체불명의 매끈한 원통형의 물건이 방 가운데 있었고, 그 주위로 온갖 식물이 둘러싸고 있었다. 약방을 채운 식물과 나무들은 설화도 곳곳에서 볼 수 있었다. 다른 점이라면, 관리를 철저하게 받아서 훨씬 더 생기 있어 보인다는 것이었다.

"왜 이걸 굳이 이곳에 옮겨놓은 거지?" 여기는 천군의 약방인데. 그렇다면…. "설마, 이게 다 약이었다고?"

사람이 먹을 수 있는 식물과 병증에 효험이 있는 나물이 적혀 있는 의원의 책 어디에도 약방의 나무와 식물은 적혀 있지 않았다. 의원의 책에서 본 것과 같은 게 있는지 찾기 시작했다.

사람의 글씨라고는 보기 어려운, 너무도 단정한 글씨체로 적힌 기록지를 찾아냈다. 설화도 사람들의 이름과 나이, 증상이 발현된 시점, 차도, 그리고 사망 여부까지 꼼꼼하게 적혀 있었다.

"천군의 병사들이 이걸 다 기록했다고? 왜? 우릴 치료해 준 적도 없으면서 대체 뭐하러…." 혼잣말을 멈추었다. 의문의 끝에, 말도 안 되는 생각이 떠올랐다. "우릴 고쳐주려고? 천군이? …말도 안 돼. 우리가 죽든 말든 이제껏 관심도 없었으면서…."

생각을 거듭할수록 말이 되지 않는 것 투성이었다. 질문이 두더지처럼 튀어나와 머리가 터질 것 같았다.

"고민해봤자 어차피 내 안엔 답이 없어."

아리송한 기록지를 덮어버렸다. 이연은 언제나 행동이 먼저였다. 우선 약방의 식물을 조금씩 캐서 보따리에 넣었다. 천군의 약방에 있는 거니 코피가 시작된 환자들에게 달여서 먹이면 조금이라도 도움이 되지 않을까? 도움이 됐으면 좋겠다…. 보따리를 가득 채우자 입가에 절로 미소가 번졌다.

보따리를 등 뒤로 단단히 매고 밖으로 나가려는데, 별안간 바깥에서부터 문이 열렸다. 피하고 어쩌고 할 틈이 없었다. 이연은 문을 열고 약방으로 들어오는 앳된 남자와 시선이 딱 마주쳤다. 볼이 발그스름한 남자는 귀신을 본 것처럼 놀란 표정으로 이연을 바라보았다. 이연은 본능적으로 주먹을 꽉 쥐었다. 행동을 취하려는 찰나, 남자는 서둘러 제 손으로 이연의 입을 막았다.

이연은 당황해서 눈이 화등잔만큼 커졌다. 원래 반대가 되어야 하는 거 아닌가. 이러니 꼭, 약방의 주인이 자신이고 볼이 발간 남자가 침입자인 것 같다는 엉뚱한 생각이 들었다. 볼이 발간 남자가 이연에게로 얼굴을 가까이 붙이며 목소리를 낮췄다.

"대체 여길 왜 온 거야. 천군의 병사에게 잡히면 어쩌려고."

지금 날 걱정하는 건가? 뭐야, 이놈은. 목소리의 떨림이나 흔들리는 눈빛으로 보건대, 남자는 진심인 것 같았다. 그래서 더 의문이었다. 난생처음 본 남자가 진심으로 자신을 걱정해야 할 이유는 없으니까.

이연은 제 입을 막은 남자의 손을 떼어내고 의심 가득한 눈초리로 훑었다.

"너 뭐야?"

"내가 누군지 기억도 안 나면서 다짜고짜 반말이라니, 심연답네."

남자는 마치 여러 번 불러본 것처럼, 심이연을 '심연'이라고 불렀다. 오래전부터 서로 아는 것 같은 말투였다.

이연은 마음의 빗장을 조였다. 여긴 천궁이고 남자는 천군의 병사처럼 옷을 입고 있었다. 덜컥 믿는 건 순진한 바보나 하는 짓이었다. 긴장의 끈을 놓지 않았다. 나사를 조이는 말투로 다시 물었다.

"너 누구냐고."

"내가 동안이지만 그래도 너보다 오빠… 소리 할 거면, 당장 꺼지라고 하겠지?"

안 그래도 딱 그 말을 하려 했는데, 어떻게 내 말버릇까지 꿰고 있지? 이연은 눈을 가늘게 뜨고 쏘아보다가 기록지를 가져와 들이밀었다.

"이거 네가 적은 거야?"

"내가 적은 건 아니지만, 나도 다 보긴 했어."

"그럼 이걸 보고 내 이름을 안 거야?"

뱉고 나서야 말이 되지 않는다는 것을 깨달았다. 기록지에는 얼굴이 그려져 있지 않았으니까. 남자는 팔짱을 낀 채 고개를 옆으로 살짝 숙였다.

"이렇게 만났는데도 못 알아본다고? 장난하는 거지?"

이연은 경계하는 표정으로 그를 보았다.

"표정 보니 아니네. 하아!"

이 녀석만 알고 나는 모른다. 근데 그게 한두 개가 아닌 모양이다. 짜증이 솜털까지 쭉쭉 뻗쳤다. 이연은 한쪽으로 기울어진 시소의 균형을 강제로 맞추듯 힘을 꾹 실었다. 장난이 아니라는 걸 확실하게 하려고 볼이 발간 남자를 거칠게 벽으로 몰아붙였다.

"넌 이름이 뭐냐고 묻잖아."

이름을 불지 않으면 정강이 사이를 시원하게 까주겠다고 위협하자, 그는 0.1초의 망설임도 없이 제 이름을 댔다.

"파랑이!"

이연은 그 이름을 듣는 순간, 이 녀석… 역시 좀 이상하다는 생각이 들었다. 미간을 좁히고 살벌하게 경고했다.

"그런 게 이름이라고? 장난까면 죽는다."

볼이 발간 남자는 그렁그렁한 눈으로 이연을 보았다. 아래턱을 진동하며 울먹였다.

"지, 진짜야. 성이 기 씨고, 이름이 파랑. 기파랑."

이연은 의심스러운 눈빛을 지우지 않았다.

"뭐야 그 눈빛은…. 찬기파랑가!"

이연이 표정 변화 없이 묵묵부답으로 대하자, 파랑은 밤고구마를 물도 없이 연달아 먹은 것 같은 속내의 변화가 얼굴에 고스란히 드러났다. 아이큐 오십 정도는 대출해서 빌려주고 싶다는 표정으로 이연을 짠하게 보며 말했다.

"'찬기파랑가'도 까먹은 거야? 내 시그니처잖아."

그 순간, 날이 선 이연의 귀엔 오직 파랑이 강조한 '시'만 팍 꽂혔다.

"씨이? 씨!"

"잠깐만, 씨이가 아니라 '시'그니처."

"쳐?"

"저기…. 그냥 넘어가면 안 될까. 너 오늘 너무 무서워. …흐, 흐느끼며 바라보매, 이슬 밝힌 달이… 아, 잣나무 가지 높아. 눈이라도 덮지 못할 고깔이여! 진짜 몰라? 아 누운! 고깔고깔!"

파랑은 찬기파랑가를 읊다가 막판에는 서운함이 폭발해 짜증을 냈다.

울먹이다가 갑자기 짜증을 내? 이연은 눈을 가늘게 뜨고 파랑을 빤히 보았다. 정신 나간 놈인가? 감정 기복이 심한 것도 병의 하나라던데.

"내가 오해를 한 것 같네. 옷만 보고 천군의 병사인 줄 알았는데, 너 약방 환자였어? 머리 쪽이 좀, 문제가 생긴 건가?"

파랑은 숨을 가늘게 내쉬었다. 압력밥솥에서 증기를 빼내는 것 같은 소리가 입에서 나왔다. 파랑이 치밀어오르는 감정을 자근자근 누르고 해명하려는데, 천장에서 목소리가 흘러나왔다.

"건강 검진 십 분 남았습니다. 아직 검진을 받지 않은 분은 진료실로 오시기 바랍니다."

말투는 사근사근했지만 어딘지 모르게 딱딱하게 들렸다. 사람 목소리가 아닌 것처럼.

맙소사! 천장에서 목소리가 나오다니! 이연은 눈이 튀어나올 것처럼 휘둥그레졌다.

"저, 저거 뭐야? 귀신이야?"

파랑은 황당하다는 얼굴이었다.

"천군은 진짜 신의 선택을 받은, 아니, 신을 부리는 자였던 거야?"

"그런 게 아니라… 후, 이럴 때가 아니다. 정기 검진이 끝나면 병사들이 우르르 몰려나올 거야. 일단 천궁을 나가자."

파랑이 이연의 손목을 거침없이 잡았다. 이연은 눈썹이 지휘봉처럼 획 쳐들렸다. 파랑에게서 제 손목을 돌려 뺐다.

"너 지금 뭐 하나?"

"뭐하긴, 널 탈출시키려는 거잖아. 내가 조만간 찾아갈 테니까, 그 집에서 얌전히 기다리고 있어. 나도 여기 일 거의 끝났어."

그러니까 이놈은 내 집도 알고 있다, 이거지?

한쪽 눈썹이 삐딱하게 위로 올라갔다. 바닥에 떨어진 쌀알처럼 딱딱하게 모가 난 말투로 물었다.

"네가 뭔데 나한테 이래라 저래라야?"

"내가 뭐냐면… 어쨌든 환자는 아니야."

"그럼 의원이야? 이 약방이 네 거고?"

"음, 사람을 살린다는 점에선 의원이랑 비슷하긴 하지. 난 내가 의원보단 난세를 구할 영웅이라고 생각하지만."

"뭘 구해? 나참, 네가 뭔데?"

비아냥에도 아랑곳하지 않고 파랑이 그 어느 때보다 진지하게 답했다.

"식물학자. 설화도 식물은 좀 특별하거든."

세상에 죄는 딱 하나

"그게 실은… 쉿!"

파랑이 긴장한 얼굴로 문에 귀를 댔다. 복도에서 천군의 병사들이 수다를 나누는 소리가 약방 안쪽까지 들렸다.

"검진 통과했어?"

"나야 늘 쌩쌩하지. A 받았어. 넌?"

"난 C야. 얼마 전에 소도 경계 근무로 바꿔서 그런가. 영 몸이 찌뿌둥하네."

파랑이 문에 귀를 대고 바깥의 소리에 집중하는 사이, 이연은 파랑을 쏘아보았다. 이 녀석이 아까 언급한 노래에 '눈'이 들어간다는 게 아무래도 미심쩍었다. 설화도에서 눈은 사람들을 죽이는 사특한 것이었다. 이 녀석, 혹시 소도의 설괴와 관련 있는 걸까? 생각이 줄줄이 이어지는 사이 바깥에서는 병사들끼리 계속 대화가 오갔다.

"기분도 거지 같은데 고깔이나 좀 놀려줄까?"

"그 샌님? 조오치."

천군의 병사들이 약방 쪽으로 걸음을 옮겼다. 파랑은 황급히 안쪽에서 문을 잠근 뒤 이연에게 조용히 하라고 과장되게 손짓했다.

병사들이 밖에서 문고리를 잡고 거칠게 돌려댔다. 파랑은 울 것 같은 얼굴로 등으로 문을 막았고, 이연은 여차하면 병사들 눈에 뿌리려고 주먹 가득 흙을 쥐고 준비했다.

"아이씨, 없나 본데?"

"건강 검진하러 갔나."

"퉤. 이따 다시 오자."

일 년 같은 일 분이 지난 뒤, 병사들은 안에 아무도 없는 줄 알고 다음을 기약하며 멀어졌다. 파랑은 혼을 뱉듯 길게 숨을 내쉬며 안도했다.

"이제 우리도 밖으로⋯. 어? 식물들이 왜 이래. 나 아직 연구 다 못 끝냈는데!"

파랑이 쥐 파먹은 듯 죄다 쥐어뜯긴 식물들을 보고 사색이 되었다. 얼굴에 빗금이 그어진 듯 어두운 얼굴로 제 머리를 쥐어뜯다가, 설마 하는 눈으로 이연을 돌아보았다.

"난장판으로 만든 게 혹시⋯."

파랑이 고개를 옆으로 돌리자마자 이연이 흙을 쥔 주먹으로 퍽, 코침을 때렸다. 흙을 뿌리려고 했는데 본능적으로 주먹이 먼저 나가버렸다. 후회는 없었다. 처음부터 이상하게 한 대 때려주고 싶었으니까. 너 바보 아니냐고 소리도 빽 지르고. 처음 본 남자한테 다짜고짜 화가 난다는 게 말이 되지 않았지만, 어쨌든 그랬다.

저, 저, 승질머리 아직도 못 고쳤다며, 하늘 어딘가에서 스승님이 자신을 내려다보며 혀를 찰 것 같았다. 하지만 이연도 할 말이 있었다. 이성적으로 생각해봐도, 머리가 좀 이상한 것 같은 약방지기를 믿을 수 없었다. 아니, 약방지기인지도 확실치 않았다. 자신이 영웅이랬다가 식물학자랬다가 영 일관성도 없고. 중요한 건 믿음인데, 방금 마주친 남자를 신뢰할 수는 없지 않은가.

보따리를 등 뒤로 매고 도둑고양이처럼 살금살금 약방을 나와 소리 없이 담장으로 뛰었다. 담을 넘으려는 순간, 뒤통수에 불안한 기운이 서렸다. 설마, 아니겠지, 싶은 심정으로 돌아봤다. 건강 검진을 마치고 마당으로 나오던 천군의 병사 한 무리가 이연을 올려다보고 있었다.

"젠장."

병사들이 놀라서 주춤하는 사이 훌쩍 담을 넘었다. 짧은 순간 오만가지 생각이 스쳤다. 천군의 병사들에게 얼굴을 들켰으니 집으로 갈 수는 없었다. 그렇다고 섬 바깥으로 나갈 수도 없었다. 에라 모르겠다! 무작정 해안을 등지고 뛰었다. 이 좁은 섬에서 잡히는 건 시간문제였다. 그 전에 보따리라도 숨기려고 산으로 달려갔지만, 얼마 가지 못해 천군의 병사들에게 뒤를 붙잡히고 말았다. 병사들은 보따리를 빼앗고 천군에게 연락을 취했다.

천군이 곧이어 산으로 올라왔다. 천군의 틀어 올린 상투를 고정하는 동곳은 하늘로 금방이라도 승천할 듯한 용이 조각되어 있었다. 상투를 통과한 꼬리 부분은 무기처럼 날카롭게 벼려져 스산

43

한 기운을 풍겼다. 그리고 그 아래 굵은 쇠사슬을 이어 만든 갑옷에서는 비릿한 냄새가 풍겼다. 쇠사슬 사이 사이에 오래된 핏자국이 보였다. 병사로부터 상황을 보고받은 천군의 표정이 싸늘하게 식었다.

"세상에 죄는 딱 하나, 도둑질이다." 천군이 말했다. "살인은 사람의 목숨을 도둑질한 것이고, 사기는 사람의 마음을 도둑질한 것이지. 세상 모든 죄의 출발은 도둑질이고 그 끝 역시 도둑질이다. 너는 세상에서 제일 끔찍한 죄를 저질렀다."

천군의 목소리에는 날아다니는 까마귀도 떨어뜨릴 만큼 위엄이 서려 있다고 하던데, 그래서 모두 그의 앞에서는 머리조차 들 수 없다던데…. 어째서인지 이연은 천군이 소문만큼 무섭지 않았다. 오히려 천군의 한마디 한마디가 작위적으로 느껴졌다. 그래서 평소답게 고개를 빳빳이 들고 맞섰다.

"그건 있는 자들 생각이고."

"너만 다르다는 것이냐? 네가 한 행동이 정의롭다고 주장하는 것이야?"

"세금이다, 이자다 이름만 다르게 붙여서 힘들게 농사지은 곡식을 몽땅 가져가는 건, 도둑 아닌가. 깨끗한 물은 천군의 우물에서만 먹을 수 있는 건 말이 돼? 귀한 약재는 천군의 약방에만 쟁여두는 건 어떻고? 없는 자들은 다 죽으라는 거야?"

재앙처럼 꼬리를 물고 이어지는 죽음 속에서 옳고 그름을 따지는 것이 왜 중요한지조차 잊은 지 오래였다. 사람을 살리기 위해서

라면 그깟 도둑질, 해도 괜찮지 않은가. 이연은 제 행동에 당당했다.

천군이 고개를 이연에게로 들이밀며 입술을 비틀고 비아냥거렸다.

"그렇게 떳떳하다면 왜 떨고 있는 것이냐."

이연의 이가 딱딱 부딪쳤다. 산 정상으로 가까이 갈수록 기온이 급격하게 떨어졌고 바닥은 겹겹이 쌓인 눈으로 뒤덮여 있었다. 새하얀 눈에 발이 타들어가는 것 같았다. 뛰느라 진즉에 벗겨진 짚신과 해진 버선 따위로는 눈을 막을 수 없었다.

천군을 비롯한 병사들은 튼튼한 가죽 장화를 신고 있었다. 눈은 장화 발목까지 덮여 있었다. 사시사철 눈이 이렇게 더께 쌓이는 곳은 설화도에서 딱 한 군데였다. 이연은 자신이 어디 있는지 깨달았다.

그때 천군이 제 귀에 손을 댔다. 천군은 하늘의 소리를 들을 때면 한쪽 귀에 손을 댄다고들 했다. 이연은 심장이 두방망이질 치기 시작했다.

"천군의 약방에 손을 댄 죄. 하늘이 내게 내린 권력으로 너를 소도로 추방한다."

이연이 가장 두려워하던 일이 벌어졌다. 천군의 병사들이 코웃음을 치며 이연의 팔을 놓았다. 그 즉시 이연은 산 밑으로 내려가기 위해 방향을 틀어 뛰었지만, 병사들이 빼곡하게 둘러싸서 도망칠 틈을 막았다. 사냥꾼들이 짐승을 몰이하듯 병사들이 날카로운 창으로 위협해 이연을 소도 쪽으로 몰았다. 그들은 이연을 위협하는 게 유희거리마냥 웃고 있었다. 설상가상 함박눈까지 내렸다. 둥. 둥. 둥. 둥. 북소리가 가까운 곳에서 들렸다. 금세 하얀 눈 폭풍에 천지가 휩싸였다.

"정리하고 내려와라."

천군이 산에서 내려가자, 후방 부대가 이연의 발치로 화살을 쏘기 시작했다. 이 또한 일종의 몰이였다. 이연은 화살을 피해 무작정 산 위로 달려야만 했다. 발이 눈에 푹푹 패여서 마음만큼 속도가 나지 않았다. 어느 순간 빗발치던 화살 세례가 멈추었다. 뒤를 돌아보니, 병사들이 더는 쫓아오고 있지 않았다. 이연은 자신이 어디에 발을 들였는지 알 수 있었다.

"여긴 소도잖아!"

잠시 후 북소리가 잦아들면서 눈이 그쳤다. 거친 숨을 헐떡이며 자리에 주저앉았다. 긴장과 두려움으로 다리에 힘이 풀렸고 머리가 핑 돌았다.

누군가 산에서 내려오는 발소리가 들렸다. 눈이 밟히는 소리가 점점 커졌다. 이연은 뒷목이 조여들면서 솜털이 곤두섰다. 천천히 고개를 들었다.

눈처럼 새하얀 털로 뒤덮인 몸, 누가 봐도 괴물이라고 인정할 만한 덩치, 그리고 붉은색 눈…. 전설 속 괴물이 이연에게 한발 한발 다가오고 있었다.

저리 꺼져

"날… 잡아먹을 거야?"

목소리가 폭풍 속 촛불처럼 가늘게 떨렸다. 시선은 붉은 눈에서 떼지 않은 채 손으로 바닥을 수색하듯 훑었다. 뭐라도 있어라, 크고 단단하면 더 좋고. 더듬더듬 바닥을 쓸던 중 돌멩이가 잡혔다. 핏빛처럼 선명하게 붉은 눈을 가까이 보고 있자니, 구역질이 치밀었다. 소도로 추방된 사람을 잡아먹어서 그들의 피로 눈이 붉어진 게 아닐까. 그렇지 않고서야 저런 기분 나쁜 눈을 하고 있을 리가 없었다. 세상 어떤 동물도 눈이 저토록 붉지 않을 것이다. 붉은 눈은 저 녀석이 괴물이고 사람을 죽인다는 증거다.

두려움을 이기는 감정은 오직 분노뿐이라고 이연은 굳게 믿었고, 지금은 그 어느 때보다 분노가 필요했다. 치밀어오르는 분노를 화력 삼아 붉은 눈을 향해 힘껏 돌멩이를 던졌다.

"저리 꺼져 괴물 새끼야!"

돌멩이가 괴물의 미간에 맞고 바닥으로 툭 떨어졌다. 괴물이 몸을 움찔하자, 이연은 눈을 질끈 감았다. 괴물이 긴 팔로 후려칠 것만 같았다.

1초, 2초… 5초.

슬쩍 눈을 떠 보니 괴물이 미동도 없이 그 자리에 서 있었다. 이연을 바라보는 눈에서는 어떤 감정도 읽히지 않았다. 화강암 같은 눈이었다.

이연은 다시금 제 안의 소리를 끌어내 대거리를 했다.

"천군이 그러더라. 세상에 죄는 딱 하나, 도둑질이라고."

괴물은 이연을 물끄러미 쳐다봤다.

"그래, 나 도둑이야. 근데 내가 도둑질하게 만든 게 누군지 알아? 바로 너야! 네가 내린 눈 때문에 천궁에 몰래 들어가야 했고 그래서 여기까지 쫓겨온 거야. 너 때문에 설화도 사람들 모두가 아파. 천군과 천군의 병사들 빼고는 모두가 아파!"

이연은 큰 소리가 제 안에서 나온다는 걸 확인해야 공포 속에서도 기절하지 않을 것 같았다. 반면 괴물은 계속 아무 말도 하지 않았다. 눈동자만 더 짙게 붉어질 뿐이었다.

"너 괴물이잖아. 사람들 죽이는 눈을 내리는 게 너잖아! 역겨워. 저리 꺼져!"

잠시 후 괴물이 크게 입을 벌렸다. 이연은 괴물이 자신을 잡아먹으려는 줄 알고 그 자리에서 뼈가 돌처럼 굳었다. 괴물의 커다란 입안에 상어처럼 날카로운 이빨이 백만 개는 가득할 줄 알았다. 날카로운 송곳니와 뻐드렁니가 절대 빠져나갈 수 없는 그물처럼 얽혀 있거나.

커다랗게 벌린 입 안쪽으로 이빨이 보이지 않았다. 당혹스러움은 또 다른 의심을 불러냈다. 혹시 독이 가득한 침으로 날 녹여서 먹으려는 건가? 거추장스러운 이빨 따윈 필요치 않은 거야? 대체 날 어떻게 죽이려는 건데!

"저리 꺼지라고… 제발."

눈물과 콧물로 범벅된 채 한참을 목 놓아 울었다. 울지 않으려고 그토록 애썼는데, 울고야 말았다. 살려달란 말이 입 밖으로 나오지 않은 건 아이처럼 엉엉 우느라 발음이 뭉개져버렸기 때문이다.

얼마나 시간이 지났을까.

들썩이던 가슴이 진정된 후 실눈을 떴다. 괴물은 보이지 않았다. 사방은 온통 하얀 눈밭이었다. 괴물은 시야가 닿는 곳에는 없는 것 같았다. 며칠째 한 끼도 못 먹어 배가 고팠다. 배가 고파서 더 추웠다. 추위도 배고픔도 일상처럼 익숙했지만, 그 고통만은 늘 새롭고 항상 아팠다. 익숙한 고통이란 없었다. 반복되는 고통에 조금씩 체념하는 것일 뿐.

쓰러지지 않기 위해 상상을 지푸라기처럼 쥐었다. 상상은 천군의 병사들조차 빼앗을 수 없는 소중한 것이었다. 눈을 감았다. 목수 아저씨가 해온 나무로 장작을 활활 태워 뜨끈한 방에서 몸을 지지며 아주머니가 해준 따뜻한 죽을 한 숟가락 뜨는 상상에 온몸이 뭉근해졌다. 성냥에서 타오르는 불꽃 같은 찰나의 상상이었다. 하지만 실제하지 않는 상상은 아무 힘이 없었다. 오히려 상상 때문에 현재가 더 초라하게 느껴졌다. 눈을 떴다. 현실을 직시해야 했다. 그래야 살아남을 수 있었다.

상상으로 짙어진 허기가 두려움을 이기자 몸을 일으켜 소도를 둘러보았다. 먹을 만한 것이 보이지 않았다. 하는 수 없이 눈을 한 줌 퍼먹었다. 눈이 혀끝에 닿자 씁쓸한 물로 변하며 목구멍으로 넘어갔다.

마을의 공용 우물에서 떠온 물로 배를 채운 적은 있었지만, 눈을 퍼먹은 적은 없었는데. 이걸로 과연 얼마나 버틸 수 있을까. 스스로가 가련하고 다가올 내일이 무서워 밤새 울다가 정신을 잃었다.

"이연아, 이연아."

애절하게 이름을 부르는 소리가 들렸지만 눈이 떠지지 않았다. 눈밭에서 대책 없이 잠들면 동사한다는 것을 알았지만, 졸음의 기운에 몸에 힘이 들어가지 않았다.

"대체 어딨어. 야, 심연!"

'심연'이란 소리에 눈을 번쩍 떴다. 자신을 심연이라고 부르는 건 설화도에서 딱 한 놈밖에 없었다. 그 재수 없는 놈. 이연은 무릎을 짚고 몸을 일으켜 자신을 부르는 기분 나쁜 목소리를 따라갔다.

소도의 가장자리는 금줄로 울타리가 쳐져 있었다. 금줄 밖에서 미라처럼 온몸을 꽁꽁 천으로 감은 남자가 자신을 애타게 부르고 있었다. 눈이 몸에 닿을까 봐 완전무장을 하고 온 건가? 재수 없어.

"아 다행이다! 무사했구나. 왜 말이 없어? 그새 내가 누군지 또 까먹은 거야?"

"그럴 리가요. 먹물 좀 잡수신 식물학자께서 여긴 왜 오셨대?"

이연은 팔짱을 껴서 체온이 새어나가지 못하게 가둔 후 비꼬았다. 금줄 건너편에 선 파랑이 너무 따뜻해 보여서 얄미웠다. 이연은 입술이 심각하게 파랬다. 여기 더 있다가는 괴물에게 잡아먹히기 전에 얼어죽을 것만 같았다.

"하여간에 말 꼬라지 하고는. 어쨌든 내가 파랑인 건 다 기억나지?"

"저언혀 모르겠는데?"

"심연!"

"아 깜짝이야. 소리 낮추시죠. 괴물한테 잡아먹히고 싶지 않으면."

괴물이란 말에 파랑의 표정이 딱딱하게 굳었다. 파랑은 깨금발을 들고 소도에 산다는 그 유명한 괴물이 오나 안 오나 살펴봤다. 미어캣처럼 요리조리 고개를 돌려가며 경계를 서는 모습을 보니 이연은 파랑을 조금 더 놀려주고 싶었다.

"그렇게 궁금하시면 금줄 안으로 좀 들어오시죠?"

잽을 날리듯 계속 비꼬자, 파랑은 안절부절못했다. 말주변이 부족해서 조리 있게 반박을 못 하니까 답답해 미칠 것 같았다.

"하여간에 저 못된 성격은 변하질 않네. 곧 죽어도 입만 살아서는. 야 심연! 너 때문에 내가 여기까지 온 건데, 넌 진짜…."

이연은 눈이 세모처럼 뾰족해졌다. 그러고 보니 이 샌님이 여긴 왜 온 거지? 소도를 지키는 천군의 병사들은 어디 있는 거야? 이연이 주위를 둘러보자 파랑이 품에서 병을 주며 말했다.

"뇌물 좀 썼어. 그래서 소도 병사들이 못 본 척하는 중이야. 천군한테 들키기 전에 천궁으로 돌아가야 하니까 이거 빨리 받아. 약이야. 아, 맞다. 이것도 주려고 왔는데."

파랑은 제 몸을 꽁꽁 두른 천을 벗기 시작했다. 이연에게 주려고 옷 십수 벌을 껴입고 온 것이다. 이연은 추워 죽을 것 같아서 파랑이 준 옷들을 군말 없이 받았다. 파랑이 싫은 것과는 별개로 옷은 옷이니까. 옷을 입을 때마다 파랑의 체온이 옷 한겹 한겹에 오롯이 느껴졌다. 짜증나긴 했지만, 옷은 따뜻했다.

파랑이 산에서 내려가기 전 낮은 목소리로 말했다.

"난 보름달이 뜨는 날 떠날 거야. 그날 같이 도망가자. 준비할 동안 조금만 참고 기다려."

누구도 믿어선 안 돼

기파랑은 천군의 병사다.

혼자 남은 이연은 속으로 그 말을 되뇌며 파랑이 준 수상쩍은 약병을 뜯지도 않고 눈밭에 버렸다. 나를 구할 건 오직 나뿐이야. 다짐을 되새겼다.

이 틈을 이용해 은근슬쩍 금줄 밖으로 나가려는데, 저 끝에서 천군의 병사 두엇이 걸어오는 게 보였다. 벌써 복귀라니, 거참 재빠르기도 하지. 댓 발 나온 입을 씰룩거리며 몸을 소도 쪽으로 돌렸다.

'이제 어쩐다'로 시작된 고민은 '어떻게든 되겠지'로 접어들더니 갑자기 '여기서 내 인생은 끝나지 않아'로 급격하게 질주했다. 이연은 스스로를 믿었다. 근거 없는 희망일지라도 살아내고야 말겠다며 한 발 한 발 소도로 깊숙이 들어갔다. 소도에 대해 뭐라도 알아야 생존이든 탈출이든 할 수 있을 테니까.

마음을 굳게 먹고 걸어보니, 전과 다른 것이 보였다. 눈밭 위에 나물이 몇 개 놓여 있었다. 겨울이 제철인 시금치였다. 그 옆으로 괴물의 발자국이 찍혀 있었다. 이연이 금줄 가까이에서 파랑과 이야기하는 사이, 괴물이 시금치를 길게 이어 눈밭 위에 길을 만든 것이다.

"참 정성스럽게도 함정을 팠네. 누굴 바보 멍청이로 아나."

비웃고 돌아서려 했지만, 문득 다른 생각이 들었다. 길을 만들 정도로 시금치가 많다는 건 근처에 텃밭이 있다는 건가. 텃밭엔 뭐가 더 있을까. 이연은 흙을 털어낸 후 시금치를 입에 넣고 씹었다. 미간이 찌푸려질 만큼 썼지만, 눈을 퍼먹는 것으로는 허기가 채워지지 않았다. 길 따라 놓인 시금치를 집어 먹으며 발을 옮겼다.

시금치로 만든 길 끝에 동굴이 있었다. 누가 봐도 함정이었다. 괴물이 아가리를 떡 벌리고 기다리는 것처럼 생긴 검은 동굴로는 들어가고 싶지 않았다.

"저 속에 뭐가 있을 줄 알고. 얼어 죽는데도 안 들어갈 거야."

어디선가 둥둥, 북소리가 울리기 시작했다. 밧줄로 잡아맨 후 교차해서 당기는 것처럼 심장이 꽉 조여왔다. 이깟 옷을 몸에 두른 것으로는 하늘에서 내리는 눈을 완벽하게 피할 수 없었다. 설화도에서 눈은 곧 죽음이었다. 허둥지둥 동굴로 뛰어 들어갔다.

동굴은 괴괴했다. 검은 적막 속 들리는 숨소리라곤 오직 이연의 것뿐이었다. 이연은 동굴 입구 쪽에 앉아 눈이 그치기를 기다렸다. 하아암. 턱이 아래로 떨어지며 하품이 크게 나왔다. 손바닥으로 착착 얼굴을 때려 잠을 몰아내 보았지만, 시간이 지날수록 긴장의 끈이 늘어지면서 자꾸만 목이 아래로 떨어졌다.

눈을 떠 보니 여전히 동굴이었다. 그사이 규칙적으로 울리던 북소리도 멈춰 있었다. 멍하니 눈을 떴다 감았다 반복하며 천천히 상황을 파악하는데, 육중한 발소리가 동굴 쪽으로 점점 가까워져

왔다. 도무지 긴장을 놓을 수가 없었다. 기다렸다는 듯이 심장의 북소리가 빨라졌다.

"저리 가. 저리 가라고…."

괴물은 그 자리에 서서 말없이 이연을 바라보았다. 이연은 저도 모르게 눈물이 맺혔다. 죽음 따윈 두려워하지 않는 전사처럼 매서운 눈빛으로 쏘아보고 싶었지만, 괴물만 보면 눈물이 나왔다. 이연에게 눈물은 나약함의 증거였기에 꼭꼭 감추고 싶었지만, 도무지 통제가 되질 않았다. 이연은 제 안의 모든 물이 말라버리길 바랐다.

괴물은 그런 이연을 한참 바라보다 돌아섰다.

"그, 그냥 간다고? 날 안 먹어?"

속으로 생각한다는 게 그만, 너무 긴장한 탓에 입 밖으로 튀어나왔다. '먹는다'는 말에 괴물이 발을 멈추었다가 한참 후 다시 걸음을 옮겼다.

그 순간, 이연의 머릿속에 공포로 가득 찬 상상이 맴돌았다. 눈이 붉은 괴물이 나가고 다른 괴물이 동굴로 들어와 해코지하면 어쩌지? 이 괴물이 아까 그 괴물이 맞나? 만약 다른 괴물이 저 녀석처럼 순순히 물러나지 않는다면? 그럼 난 어떻게 되는 거지? 아무도 소도의 괴물이 하나라고 하지 않았는데….

생각이 갈무리되지도 않은 상태로 다급하게 입을 열었다.

"가, 가지 마. 거기 있어, 줘."

괴물이 동굴 입구 쪽에서 우뚝 멈춰 섰다. 마치 이연의 말을 알아들은 것처럼. 괴물이 천천히 몸을 돌려 이연을 보았다. 괴물의 붉은 눈과 이연의 검은 눈이 마주쳤다. 상대의 눈을 피하지 않고 마주보는 것에는 용기가 필요했다. 이연 역시 온 힘을 끌어모아 붉은 눈을 노려보았다.

무슨 이유에서인지 괴물은 그 자리에 털썩 주저앉았다. 그렇다면 질 수 없다. 이연 역시 조심조심 궁둥이를 붙이고 바닥에 앉았다. 몇 걸음 떨어져서 앉은 채로 둘은 서로를 노려보았다. 눈싸움하듯이. 이연은 눈을 감지 않으려고 노력했지만, 얄미운 훼방꾼처럼 눈에 또 물이 차올랐다.

안 돼. 한순간도 방심해선… 깜빡, 자기도 모르게 눈을 감았다 뜨니, 찰나의 순간에 뭔가 달라져 있었다. 재빠르게 괴물을 탐색했다. 귀가 움직였나? 털이 몇 개 빠졌어? 아니면 콧구멍이 커졌어? 찾았다. 괴물의 입꼬리가 실로 당긴 듯이 위로 바짝 올라가 있었다. 이연은 제 눈을 의심했다. 설마 저 녀석, 눈싸움에서 이겼다고 좋아하는 거야?

괴물이 갑작스레 몸을 움직였다. 괴물이 스윽 팔을 들어 뻗자, 이연은 두 눈을 질끈 감고 몸을 움츠렸다. 하나, 둘, 둘 반. 반의 반의 반. 고요했다. 슬며시 다시 눈을 떠보니 괴물이 이연에게 주먹을 내민 채 기다리고 있었다.

가위바위보? 갑자기?

이 이상한 게임을 계속해야 할지 아니면 정색하고 일어나야 할지 치열하게 고민하는데, 괴물은 주먹의 손가락을 하나씩 열어 꽃이 피어나듯 손바닥을 펼쳤다. 커다란 손바닥에 초록 공이 있었다.

"나한테 주는 거야?"

괴물은 고개를 끄덕였다. 이연은 미간을 좁힌 채 초록 공을 손가락 끝으로 집었다. 겉을 둘러싼 나뭇잎을 펴보니 그 안에 주먹밥이 나왔다.

"이걸 왜?"

이연이 물었지만, 괴물은 한쪽 다리를 절룩이며 동굴 밖으로 향하고 있었다. 허기를 채워줄 뜷은 음식 하나 줘도 먹을 자신이 있었는데, 신선한 밥이라니. 그것도 하얀 쌀밥.

"내가 기미 상궁이야 뭐야. 독을 감별해 보라는 건가. 쳇, 못할 것도 없지."

속마음과는 전혀 다른 말을 구시렁거리면서 이연은 밥알을 떼서 입에 넣고 씹었다. 달았다. 주먹밥을 두 손으로 쥐고 크게 베어 물고는 우걱우걱 씹었다. 얼마 지나지 않아 괴물이 동굴로 돌아왔다. 손에는 시금치 몇 개가 들려 있었다. 볼이 터지도록 주먹밥을 밀어 넣던 이연은 씹는 것도 멈추고 괴물을 빤히 보았다.

괴물은 아무것도 없는 이연의 손바닥과 해바라기씨를 쑤셔 넣은 햄스터처럼 미어터질 것 같은 볼을 번갈아 쳐다보았다. 번갈아 쳐다보는 눈길의 이동이 점점 빨라졌다. 미묘한 표정의 변화에서 질책하는 소리가 들리는 것만 같았다. 어떻게 그걸 다 먹냐. 내가 나물 반찬 가지러 간 사이에, 의리 없이 혼자서!

"으어어!"

괴물이 소리 내서 항의했다. 괴기한 소리에 깔린 감정은 누가 봐도 원망이었다. 동굴 깊은 곳까지 괴성이 메아리처럼 울렸다. 타종의 순간 종 속에 갇힌 것처럼 온몸이 소리에 떨리는 것만 같았다.

잠시 후 짧지만 굵은 소리가 울렸다. 쿠르릉. 괴물의 배에서 나는 소리였다. 화음을 넣듯 이연의 입이 열리고 트림이 나왔다. 이연은 손바닥으로 입을 가렸지만, 잔트림이 쉴 새 없이 이어졌다. 괴물은 서운한 마음에 입을 씰룩이다가 발을 쿵쾅거리며 밖으로 나갔다.

그날의 오해는 다음 날 아침에 풀렸다. 알고 보니, 천군의 병사가 아침마다 소도 금줄 아래 지정된 장소에 주먹밥을 놓고 갔다. 교도관이 죄수에게 배식 넣어주는 것처럼. 괴물은 그것을 이연에게 전해준 것이었다.

"왜 나한테 이걸 준 거지?"

옆에 선 괴물이 말없이 붉은 눈으로 이연을 내려다보았다.

"설마 내가 살기를 바란 거야?"

이연은 허리를 굽혀 주먹밥을 쥐어서 괴물에게 내밀었다. 괴물은 사양치 않고 주먹밥을 받았다. 입을 크게 벌려 한입에 다 털어 넣으려다가 멈추고 이연을 보았다.

"너 다 먹어. 난 배불러."

괴물은 밥알 하나를 조심스럽게 떼서 입에 넣고 꼭꼭 씹었다. 괴물에게 주먹밥은 알사탕 크기밖에 되지 않았다. 괴물은 한알 한알 집중해서 씹느라 이연이 자신을 뚫어지게 쳐다보고 있는 것도 몰랐다.

이연은 괴물을 관찰했다. 붉은 눈. 쫑긋한 귀. 숨 쉬는 게 걱정될 만큼 상대적으로 작은 코. 긴 팔과 짧은 다리. 하지만 다리는 정말 짧은 건지 확신할 수 없었다. 길게 늘여진 털 속에 숨겨져 있을 수도 있으니까.

털괴물이라고 명명해도 될 만큼 녀석은 털이 복슬복슬했다. 멀리서부터 불어오는 소슬바람에 털이 사방으로 흩날렸다. 문득 의문에 꽂혔다. 덩치가 제법 크긴 한데 저게 다 살이고 뼈고 근육일까. 호기심에 겁도 없이 털 속으로 손을 쑥 뻗었다.

"순 털빨이었잖아?"

괴물이 화들짝 놀라 뒤로 물러서면서 으어어 소리를 또 냈다. 속살을 함부로 만진 행동이 몹시 불쾌하다는 항의였다.

"미안 미안."

"으어어!"

"되게 까칠하네. 짜증 나면 너도 나한테 똑같이 해."

괴물은 두 팔을 올려서 손을 부지런히 움직였다. 이연은 그것이 무엇인지 알았다. 바로 수화였다. 하지만 괴물의 수화가 무슨 뜻인지는 몰랐다.

"난 수화 할 줄 몰라."

괴물은 한숨을 크게 내쉬며 힘없이 손을 내렸다. 수화는 인간들의 언어였다. 이 괴물이 어떻게 수화를 아는 걸까? 분명 누구한테 배운 걸 텐데, 알려준 사람이 누구지? 오래전 의원은 소도로 추방된

자 중 말을 하지 못하는 사람이 있었다고 말해줬다. 혹시 그가 수화를 가르쳐준 걸까? 교육받은 괴물이라니, 흠.

게다가 이 괴물은 인간을 잡아먹지 않는다. 주먹밥과 시금치라니…. 괴물에 대해 딱지처럼 붙어 있는 수많은 전설이 거짓일지도 몰랐다. 보아하니 이 괴물 역시 나처럼 똑같이 소도에 갇힌 신세였다. 우리 둘은 다르지 않다. 그렇다면 이쯤에서 꼬인 관계를 바로잡을 필요가 있다….

꼬리처럼 물고 이어진 생각 끝에, 이연은 눈이 붉은 괴물에게 가까이 다가갔다.

"내 이름은 이연이야."

눈이 올 때마다

"올해 열여덟이야."

이연은 다짜고짜 나이를 밝혔다. 갑자기 시작된 자기소개에 괴물은 끔뻑끔뻑 눈을 감았다 떴다.

"넌 몇 살이야?"

덩치 차이에서 오는 긴장감을 나이로 반전시켜 보려는 것이었다. 괴물은 손가락을 접었다 펴며 바쁘게 숫자로 표현했다. 제 눈을 의심한 이연이 정색하고 다시 해보라고 요청했다. 괴물은 천천히 다시 손가락을 움직였다. 숫자가 전화번호처럼 길었다. 이연은 당혹감을 숨기고 눈을 내리깔았다.

말도 안 돼. 털 상태도 좋고 체취도 없어서 나이가 많지 않아 보였는데. 지금이라도 경어체를 깍듯하게 써야 하나? 그럼 너무 없어 보일 텐데. 덩치에도 한참 밀리고 나이도 쨉도 안되고.

이연은 제 나이를 먼저 밝힌 것이 후회되었다. 아까 그건 길고 긴 나이의 마지막 끝자리만 말한 거라고 하면 믿어줄까? 이 상황을 뒤집을 반전이 필요한데, 뭐가 있을까. 그때 머릿속에 번개처럼 단어 하나가 떠올랐다. 턱을 쳐들고 카운터 펀치를 먹이듯 말했다.

"우리 친구 하자. 친구끼리 반말하는 거 알지? 나이도 종도 초월하는 것도 알고?"

'친구'라는 말에 괴물의 미간에 힘이 들어갔다. 괴물이 고개를 갸웃하고 손을 바쁘게 움직이자, 이연이 괴물의 손을 덥석 잡았다.

"네가 수다쟁이인 건 알겠어. 근데 손으로는 그만 말해."

"으어."

괴물은 화들짝 놀란 눈을 제 손 쪽으로 내렸다. 이연의 눈도 괴물을 따라 손으로 이동했다. 이연의 손이 괴물의 손을 잡고 있었다.

"이게 뭐?"

"으어어."

"설마 처음이야? 너한테 수화 가르쳐준 사람이랑 손잡아 본 적도 없어?"

괴물은 고개를 끄덕였다. 이연은 표정에 미묘한 빛이 감돌았다.

"내가 너한테 '처음'이구나?"

"으어!"

이연은 가슴에서 뜨거운 게 용솟음쳤다. 처음이란 말에 이토록 설레는 건 본능일까. 머쓱한 표정으로 검지로 코끝을 문질렀다. 설렘과 멋쩍음이 지나간 후 불현듯 의지가 샘솟았다. 괴물과 처음으로 접촉한 인간 대표로서 뭔가 보여주고 싶었다.

"앞으로 날 '스승님!'이라고 불러."

괴물은 소리 내서 대답하지도 고개를 끄덕이지도 않았다. 초조해진 이연이 자신이 스승이라는 것을 강조하며 말을 이었다.

"앞으로 나한테 존댓말도 써야 해."

괴물이 목을 뒤로 젖히고 껄껄 웃었다. 말도 안 되는 소리 하시네, 하고 비웃는 듯했다.

"스승님에 대한 태도가 영 불손한데?"

괴물은 콧김을 흥 뿜더니, 이연을 콕 찔렀다가 자신을 가리킨 뒤 그 둘은 같다는 의미로 양 주먹을 허공에서 통 쳤다. 수화를 모르는 이연도 알아들을 수 있게 한 맞춤형 표현이었다. 조금 전까지 친구랬다가 갑자기 스승으로 신분을 높이려는 이연에게 그런 일은 없을 거라고 못 박는 것이다. 이연은 입을 비죽거렸다.

"쳇, 쓸데없이 기억력이 좋군."

몇 번을 더 시도해 보았지만, 괴물은 철벽이었다. 고집이라면 이연도 만만치 않았지만, 궁금한 것도 하고 싶은 것도 많았기에 스승 호칭 문제에서는 물러섰다.

"원활한 의사소통을 위해 이제부터 한글을 배울 거야. 네 이름 쓰는 법부터 가르쳐줄게. 잘 봐. 이게 기역이야."

이연은 바닥에 손가락으로 ㄱ 모양을 크게 그렸다. 바닥을 빤히 보던 괴물이 고개를 가로저은 후 몸을 뒤로 휙 돌렸다. 이연은 궁둥이를 옴짝거려서 괴물 앞쪽으로 몸을 옮긴 후 다시 말했다.

"따라해 봐. 기이역! 기역! 이게 기역이야."

괴물은 옆으로 몸을 더 틀어서 거부 의사를 확실하게 표명했다. 이연은 기역을 신경질적으로 바닥에 그리며 또박또박 말했다.

"기역이 첫 시작이야. 네 이름을 말하려면 기역을 놓고, 오를 놓고, 이게 좀 어려운데 오 옆에 이를 바투 붙여서 그려야 해."

괴물은 이연이 눈 위에 쓴 글자를 손바닥으로 사사삭 흩어서 지워버렸다.

"자꾸 수업 거부하면 밥 안 준다?"

이연이 협박하자, 괴물은 콧김을 팡 내뿜으며 눈을 크게 떴다 가 내렸다 다시 위로 올렸다. 흥, 웃기지 마쇼, 였다. 이연 역시 지지 않았다.

"내가 밥 놓는 자리도 봐뒀고, 해가 어느 지점에 있을 때 놓고 가는지도 다 기억하거든? 천군의 병사가 밥 놓자마자 내가 다 먹어 버린다!"

괴물은 콧잔등을 찌푸린 뒤 입술이 말린 것처럼 윗니를 드러 냈다. 자세히 보니, 옥수수 알만한 노란 이가 삐뚤삐뚤 박혀 있었다. 위협할 목적이었다면, 대실패였다. 이연은 새끼손가락으로 귀를 파 는 시늉을 한 뒤 없는 귀지를 허공에 팡 튕겼다. 저잣거리에서 쌈이 붙은 고수들의 칼이 쟁쟁 부딪치는 것처럼 괴물과 이연의 시선이 어 지럽게 얽혔다.

이연이 배수지진을 치는 심정으로 비장하게 목소리를 냈다.

"선택해. 밥이야, 글자야?"

괴물은 입을 내민 채 밥을 택했다. 하지만 그 후로 기역을 가르 치기까지 반나절을 더 씨름해야 했다. 이연은 쇠심줄처럼 고집스러 운 괴물에게 한글을 기필코 가르치고 말겠다며 눈을 부릅떴다.

"너 기역에 불만 있어?"

괴물이 답답하다는 듯 손을 빠르게 움직여서 수화로 답했다. 이연의 눈동자가 빠르게 움직였다. 다음 순간, 경찰이 소매치기를 현장 검거하듯이 괴물의 손을 딱 잡았다.

"동작 그만. 너 기억 아네? 방금 손으로 말했잖아. '난 괴물이 아니다'라고. '괴물'이라고 할 때 네가 기억을 손으로 만든 거 다 봤어."

괴물은 밑장 빼려다 딱 걸린 타짜처럼 눈을 옆으로 굴렸다. 이연이 추리를 이어갔다.

"수화란 건 한글을 다 배워야 할 수 있는 거였구나?"

괴물의 정수리 털 몇 가닥이 식은땀으로 촉촉하게 젖어갔다. 이연이 논리정연하게 근거를 들어서 계속 지적하자, 괴물은 마지못해 고개를 끄덕였다.

"그럼 소리도 낼 수 있고, 내 말도 알아듣고, 한글도 쓸 수 있는데, 말은 왜 못해?"

괴물은 손도 움직이지 않고 입도 굳게 닫았다.

"또 또."

요걸 어떻게 입을 열게 한담.

이연은 괴물을 보면서 습관처럼 검지로 제 입술을 문질렀다. 그때였다. 주변의 공기가 순식간에 변한 게 느껴졌다. 괴물이 눈을 크게 뜨고 이연을 보았다.

"왜? 내가 수화로 방금 너한테 욕했어? 검지로 입술 만지는 게 뭔데?"

괴물은 눈물이 그렁그렁한 눈으로 다짜고짜 두 팔 벌려 이연을 꽉 껴안았다. 이연은 얼결에 털 속에 파묻힌 채 눈을 깜빡깜빡했다. 어떻게 한 건지는 모르겠는데, 이겼다.

그때부터 괴물의 수업 태도는 180도 변했다. 스펀지가 물을 흡수하듯이 적극적으로 받아들였다. 하지만 목소리가 너무 작았다. 괴물의 말을 들으려면 이연은 머리카락을 뒤로 젖히고 귓구멍을 활짝 열어야 했다.

"조금 더 목소리를 크게 내."

"응."

"안 들려. 더 크게."

"응."

"'응' 말고 다른 것도 배웠잖아. 조금 더 길게 말해보자. '네 그렇게 하겠습니다, 스승님' 따라해봐."

틈새를 공략해 '스승님'도 가르쳐 보려고 했지만, 또 실패했다. 실패의 뒷맛은 썼다. 말을 많이 했더니 목도 말랐다. 이연은 동굴 밖으로 나가서 눈을 한 줌 퍼서 먹었다.

"꼭 맛없는 샤베트 같아. 음, 근데 샤베트가 뭐더라…."

괴물이 달려와 이연의 손을 탁, 쳤다. 먹지 말라는 것이었다. 이연은 변명하듯 곤란한 표정으로 꿍얼거렸다.

"넌 잘 모르겠지만, 사람은 물을 안 먹으면 죽어."

괴물은 이연을 그저 매섭게 노려봤다.

"여긴 우물이 없잖아. 눈밖에 먹을 게 없다고…."

"눈 먹으면 아파."

"어! 너 말할 줄 아네? 다시 말해봐."

그날 괴물은 끝끝내 입을 다시 열지 않았다.

늦은 밤, 이연은 한숨을 내쉰 뒤 뒤돌아서 잤다. 종일 괴물에게 말을 가르치느라 지쳐서 바닥에 머리를 대자마자 잠이 들었다.

얼마나 시간이 지났을까. 서걱서걱 귀를 간질이는 소리에 눈이 떠졌다. 어슴푸레, 동굴 밖에서 쪼그리고 앉아 분주하게 움직이는 괴물의 등이 보였다. 손을 움직이는 것 같았다. 설마 나 몰래 한글 쓰는 연습이라도 하는 건가? 이연은 웃음이 나오려는 걸 꽉 깨물고 살금살금 괴물 쪽으로 걸어갔다. 가까이 다가간 이연은 제 눈을 의심했다.

"너 왜 눈을 먹고 있어?"

화들짝 놀란 괴물이 붉은 눈으로 이연을 보았다. 괴물의 손바닥이 빨갰다. 이연이 잠든 순간부터 쪼그리고 앉아 손으로 여태 눈을 퍼먹은 것이었다.

"나 몰래 먹은 거야? 일부러?"

괴물은 대답하지 않았다. 이연을 바라보는 붉은 눈이 슬퍼 보였다.

심연의 괴물

둥둥둥둥.

이연과 괴물은 동시에 하늘을 보았다. 하얀 눈이 눈가에 닿자 따끔했다. 눈을 피해서 잽싸게 동굴로 들어갔다. 그런데 따라오는 발소리가 들리지 않았다. 돌아보니, 괴물이 뚜벅뚜벅 반대 방향으로 걸어가고 있었다.

"어디 가? 어디 가냐니까?"

괴물은 묵묵부답이었다. 어떻게 해야 할지 몰라 갈팡질팡하다가 에라 모르겠다, 몸을 움직였다. 파랑이 주고 간 옷으로 머리까지 두르고 동굴 밖으로 뛰어나갔다. 눈발이 거세서 하얀 괴물은 보이지 않았지만, 눈길로 희미하게 발자국이 이어졌다. 눈을 부릅뜨고 쌓여가는 눈발에 서서히 사라지는 발자국을 따라갔다.

발자국이 끊긴 곳은 산 정상이었다. 까만 돌로 둘러싸인 곳에는 눈이 쌓여 있지 않았다. 눈이 까만 바닥에 닿자마자 없어졌다. 검은 자갈 위에 기둥처럼 서 있던 괴물이 팔을 하늘 위로 들고 몸을 좌우로 턱 턱 흔들었다.

"뭘… 하는 거야?"

괴물의 팔과 다리가 동시에 같은 방향으로 움직였다가 어울리지 않는 방향으로 뻗기를 반복했다. 북소리에 맞춰 움직이는 몸동작. 맙소사. 괴물은 북소리에 맞춰서 춤을 추고 있었다. 이를 악물고 붉은 눈으로 하늘을 원망하듯 바라보면서.

괴물이 춤을 출 때마다 하늘에서 눈이 내린다는 건 거짓 소문이었다. 북소리가 울리면 눈이 내리고 그 후 괴물이 산 정상으로 가서 춤을 추는 것이다.

"왜 춤을 추는 거야!"

괴물은 춤동작만 열심히 출 뿐이었다.

"대체 왜 그러는 건데!"

"내가, 춤을 춰야, 저 눈을 끝낼 수 있어! 저 눈은, 나빠!"

괴물이 제기 차는 동작으로 한 발씩 들고 긴 팔을 좌우로 움직이며 춤을 출 때마다 하얗고 긴 털이 출렁거렸다. 괴물의 속살 곳곳이 붉었다. 눈을 맞는 시간이 길어질수록 속에 멍이 들어 얇은 피부가 붉어지는 것이다. 괴물은 하늘에서 내리는 끔찍한 눈을 저주하면서 그것을 몰아내기 위해 춤을 추고 있었다.

이연은 그동안 알아왔던 것에 대한 편견이 저만치 물러나는 감각을 느꼈다. 그리고 그렇게 춤을 추는 괴물이 힘겨워 보였다. 더는 참을 수 없었다.

"그만하고 내려와!"

저 고집불통! 까만 자갈 위에 발을 디디자 바닥으로부터 찌릿한 게 몸을 타고 올라왔다. 괴물의 춤이 뻣뻣하고 기괴한 이유를 알아냈다. 바닥에 전해져오는 찌릿한 통증을 피해 한발씩 위로 드는 중이었다. 그제야 팔이 경련으로 떨리는 게 보였다. 이연의 속에 뜨거운 것이 뭉쳤다. 곧바로 뛰어올라가 괴물을 껴안았다.

"그만하라고. 내려가자니까!"

바닥에서 올라오는 찌릿한 감각이 이연에게도 고스란히 전해졌다. 평생 겪어본 적 없는 끔찍한 고통이었다. 이연은 코피를 흘렸다.

"그만해… 제발."

이연은 온몸을 불쾌하게 관통하는 공격에 정신을 잃었다.

이연이 눈을 뜨자 동굴 천장이 보였다.

눈은 그쳤고 북소리도 들리지 않았다. 괴물이 이연을 안고 돌아온 것이다. 코피는 멈췄지만 입 안쪽에 비릿한 피 맛이 남아 있었다. 설화도에서 눈을 뜬 지 일 년, 이연 역시 증상이 시작되고 있었다.

이연은 해쓱해진 얼굴로 괴물을 보았다. 괴물은 죄인처럼 고개를 푹 수그리고 있었다. 침묵 속에서 수많은 말이 목구멍까지 올라왔다. 그러나 이연은 말할 수 없었다. 오랜 시간이 지난 후, 결심한 듯 괴물의 손을 아프도록 꽉 잡았다.

"아프면 아프다고 말해."

괴물은 입을 벌렸다가 이내 닫았다.

"인간은 아프다고 소리치는 자에게만 신경 써. 물고기나 개미처럼 말로 소리 내지 않는 동물들은 신경도 쓰지 않아. 그러니까 소리쳐! 소리를 내!"

괴물이 손을 움직이려고 하자 이연은 더 꽉 붙들었다.

"너 말할 수 있잖아. 수화가 나쁘다는 게 아니야. 하지만 넌 말을 할 수 있고 목소리를 낼 수 있어! 그니까 뱉어! 네가 할 수 있는 가장 큰 소리로 기쁨이든 슬픔이든 뭐든 표현하라고!"

괴물은 눈을 질끈 감고 세차게 고개를 저었다. 이연은 털 속으로 손을 집어넣었다.

"눈을 맞으면 아파서 너도 살이 붉어지잖아. 근데 왜 거기 올라가서 춤을 춰! 아프면서 왜 그런 미련한 짓을 하는 건데!"

"어쩌면… 내가 눈을 안 아프게 바꿀 수 있을지 모르니까. 난 그러라고 만들어진 존재니까."

"네가, 눈을 바꿀 수 있다고? 어떻게?"

"…엄마가 그랬어. 그럴 용도로 내가 태어나게 한 거래."

'엄마'라는 말에 이연은 가슴이 아팠다. 이 괴물에게도 엄마가 있는 건가.

"네 '엄마'는 어디 있어? 응? 어디 있는데?"

괴물은 대답 없이 이연을 쳐다보기만 했다. 그 눈은 몹시 슬퍼 보였다. 처음 본 그날처럼. 이연은 괴물을 붙잡고 재촉했다.

"왜 또 말을 안 해. 삼키지 말고 말하라니까."

날 내버려 두라고, 붉은 두 눈이 이연에게 고했다.

"눈으로 전하려고 하지 말고, 소리 내!"

다그칠수록 괴물은 고집스럽게 입을 다물었다. 이연은 눈에 힘을 주고 괴물을 보았다. 기다렸다. 세상에서 기다리는 일이 가장 어려웠지만, 지금 할 수 있는 일은 기다리는 것뿐이었다.

한참 후 괴물이 입을 열었다.

"너도 천군이랑 똑같아. 천군이 말했어. 눈이 내릴 때마다 산 정상에 올라가서 춤을 추라고. 소리를 지르라고. 무섭게. 더 크게. 사람들이 날 꿈에 볼까 두렵게."

붉은 눈에서 눈물이 떨어졌다. 그래서 그간 말을 하지도 소리를 높이지도 않은 것이었다. 이연은 가슴이 저몄다.

괴물은 북이 울리면 소도 정상으로 올라가 춤을 춘다. 사람들을 아프게 하는 눈을 바꾸려고. 하지만 괴물은 실패했다. 눈을 많이 맞으면 설화도 사람들은 시름시름 앓다가 죽는다. 그걸 알면서도 괴물은 춤을 춘다. 사람들을 죽이는 눈을 저주하면서. 사람들을 아프지 않게 하는 눈으로 바꾸지도 못하는 자신을 탓하면서.

이 작은 섬에 왜 소도가 있고, 왜 괴물이 있는지 그 이유를 알아내는 게 먼저였다. 하지만 하루하루 살아내는 게 힘겹다는 이유로, 천군이 퍼뜨린 발 없는 소문을 덜컥 믿고 소도의 괴물을 덮어놓고 두려워했다. 사람들을 아프게 하는 눈에 어떤 비밀이 있는지, 소도의 괴물과 눈이 무슨 관계인지 알아봐야 했는데. 뒤늦은 후회가 가슴을 덮쳤다.

"난 실패작이야. 사람들이 계속 죽어가."

고개를 숙인 채 눈물 흘리며 괴물이 말했다. 이연은 숨이 턱 막했다. 바로 며칠 전 제 눈앞에서 또 사람이 죽어 나가는 걸 보면서 이연 역시 자책했다. 이 괴물처럼. 괴물과 이연은 다르지 않았다.

"실패할 수도 있지. 그게 뭐? 네가 실패하고 싶어서 실패했어? 아니잖아."

이연은 손바닥으로 괴물의 눈물을 닦아준 뒤 심지가 곧은 목소리로 말했다.

"그리고 누가 실패래. 아직 다 안 해봤는데, 앞으로 해볼 게 얼마나 많은데. 어깨 움츠리지 마. 당당하게 펴. 그리고 화나면 소리쳐! 아프면 아프다고 소리치고! 내가 여기 있다고 소리치고! 너도 이 정도 애썼으면 남들 눈치 안 보고 소리낼 자격이 있어! 괜찮아!"

괴물은 이연을 바라보았다. 그래도 돼? 나도, 괜찮아? 하고 묻듯이. 이연은 괴물의 붉은 눈에 떠오른 물음표에 고개를 계속 끄덕이며 온몸으로 답해주었다. 괜찮아, 괜찮아. 몇 번이고 고개를 끄덕였다. 스스로 다짐하듯이.

망설임 끝에 괴물은 이연의 손을 잡고 소리 질렀다. 참아왔던 모든 아픔, 서러움, 원망, 외로움, 그리움을 토해내며 내지르는 소리가 돌고 돌아 동굴을 울렸다. 오래도록. 괴물이 내지르는 소리에 이연은 가슴이 진동했다. 이연은 그 떨림을 오롯이 느끼며 괴물을 바라보았다. 얼마나 오랫동안 참아온 걸까. 여기에서, 혼자서.

오랜 시간이 지나고 울음이 잦아들고 난 후, 괴물이 이연을 보며 쉰 목소리로 물었다. 이연이 검지로 입술을 만진 순간부터 줄곧 묻고 싶었던 질문이었다.

"넌 여기 왜 왔어?"

"소도에 왜 왔냐고? 그게… 천궁에서 약을 훔치려다 잡혔거든."

"아니, 이 섬에 왜 왔냐고."

"왜긴 왜야. 마법의 눈 때문이지."

무의식중에 튀어나온 말이었다. 스스로 말해놓고도 이연 역시 놀랐다. 마법과 눈이라니, 이상한 조합이었다. 괴물은 혹시 자신의 붉은 눈을 말하는 거냐며 눈을 새처럼 깜빡였다.

"아니야."

이연은 단호하게 선을 그었다. 잠시간 마법의 눈이 뭘까 곰곰이 생각하다가 고개를 저었다. 발이 꼬여서 넘어지는 것처럼 단어가 꼬여버린 실수겠지, 하고 넘겼다.

"네 이름부터 정하자. 내가 계속 널 '괴물'이라고 부를 순 없잖아."

"나 이름 있어."

"근데 왜 말 안 했어?"

"내 이름은 비밀이거든."

이연은 오기가 발동했다. 난 너한테 한 점 비밀도 없다, 내가 말하지 않은 게 있다면 기억이 안 나서지 거짓부렁은 추호도 없었다, 그런데 넌 친구 사이에 이름조차 가르쳐주지 않는다, 이래서야 앞으로 너와 어떻게 잘 지내겠냐. 숨도 쉬지 않고 쏘아붙인 뒤 마지막 잽을 날렸다.

"난 접때 내 이름 말해줬다? 기억나지?"

공평하게 거래하자는 것이다. 괴물은 고심 끝에 주위를 살핀
뒤 바짝 다가갔다. 괴물은 이제껏 아무에게도 말하지 않은 비밀을
이연에게 속삭였다.

"누누이."

2부
거짓의 칼끝

나쁜 괴물

"'누누이'란 이름은 네가 지은 거야?"

"아니야."

"하긴 이름은 보통 다른 사람이 지어주니까. 그럼 누가 지어준 거야? 설마 아까 말한 그 '엄마'?"

"절대 아니야!"

"아니면 아니지, 흥분하기는. 그럼 누군데?"

계속 질문했지만, 누누이는 침묵과 단답을 오가며 정확한 답변을 피했다. 바짝 약이 오른 이연과 달리 누누이는 빙그레 웃기만 했다.

"나는 안달나 미치겠는데 넌 웃어?"

"흐흐흐."

"관심받으니까 좋아?"

"좋아."

이연이 눈을 흘기는데도 누누이는 계속 웃기만 했다. 활짝 웃는 누누이를 보자 이연 역시 마음이 풀어졌다. 하지만 계속 시시덕거릴 수만은 없었다. 이연은 웃음 끝에 주위를 둘러보았다. 문득 그간 소도로 추방된 사람들이 떠올랐다. 그들은 모두 어떻게 된 걸까.

"마을에서 쫓겨나서 소도로 온 사람 중에 내가 몇 번째야?"

"네가 처음이야. 이때까지 금줄 안쪽으로 들어온 사람은 없었어."

"그럴 리가 없어. 지난 일 년간 소도로 보내진 사람만 다섯인데?"

"천군의 병사들이 소도로 데려오는 척하면서 모두 천궁으로 데려갔어."

"왜?"

이연은 입술을 매만지며 생각에 잠겼다. 왜 그런 쇼가 필요했을까. 누구를 위해서? 누누이를 겁주기 위해서? 아니면 마을 사람들을 통제하기 위해서? 생각이 흘러넘쳐 입 밖으로 나왔다.

"혹시 그들을 천군의 밀실로 데려간 걸까? 천군의 밀실이란 곳 말이야, 혹시 마을 사람들을 몰래 숨겨둔 감옥 같은 거 아니야?"

"나도 몰라."

누누이는 오래도록 소도에 갇혀 있었기 때문에 아는 것이 제한적이었다.

"흠, 아무래도 다시 천궁으로 가야겠어."

"천궁은 왜? 거긴 위험하잖아."

"만약 천군의 밀실에 사람들이 갇혀 있는 거면, 어떻게든 밀실을 찾아서 그들을 풀어줘야지."

이연은 어떻게 다시 천궁으로 들어갈 수 있을지 고민하기 시작하자마자, 한숨이 나왔다. 천궁에 가려면 산 아래로 내려가야 하는데, 소도 주변을 지키고 선 천군의 병사들을 따돌리는 것부터가 문제였다.

"일단은 소도 일부터 처리해야겠어."

이연은 자리를 털고 일어나 동굴을 샅샅이 살폈다. 누누이가 따라 일어나며 물었다.

"뭘 찾는 거야?"

"눈 내리기 전 항상 북소리가 들렸잖아. 그 소리가 대체 어디서 나는 건가 싶어서."

섬 사람들은 눈이 올 때마다 소도의 설괴가 북채로 커다란 북을 두드리며 북춤을 추는 거라고 생각했지만, 자세히 따져보니 눈이 먼저 내리고 그다음 북이 울렸다.

게다가 섬 전체를 울리는 소리를 내려면 엄청나게 북이 커야 했다. 그 정도 크기는 쉽게 감출 수 있는 게 아니었다. 대체 무슨 수로 감춘 거지? 그리고 그 북은 누가 치는 거야? 이 녀석이 나와 있을 때도 북소리가 들렸는데. 만약 소도의 괴물이 하나가 아니라면? 그래서 북 치는 괴물과 춤추는 괴물이 둘이라면?

말도 안 되는 생각 같았지만, 상상이 더 뻗어가기 전에 정확한 확인이 필요했다.

"소도에 너 혼자야?"

"소도에 괴물은 나 하나야. 나 혼자 자랐고 여기도 혼자 왔어."

설화도 같은 곳이 또 있다는 걸까? 아니면 아예 다른 곳일까?

이연은 온몸이 커다란 물음표가 된 것처럼 궁금한 게 한둘이 아니었다. 이연이 빤히 쳐다보자, 누누이가 말을 보탰다.

"내가 태어나고 자란 곳은… 빛이 아주아주 밝은 곳이었어."

"여기로 이사 온 거야? 네가 이 섬을 선택한 거고?"

누누이는 고개를 저으며 쓸쓸히 말했다.

"어느 날 눈 떠 보니까 갑자기 이곳으로 옮겨져 있었어. 너무 무서워서, 사람들 소리가 나는 마을로 내려가려고 하니까, 곧 천군이 여기로 올라왔고."

"그 재수 없는 천군?"

"전에 있던 다른 천군."

설화도 지배자인 천군은 그간 계속 바뀌었다. 이연이 처음 설화도에서 눈을 떴을 때 천군은 여자였다. 그런데 의원이 죽을 때쯤 지금의 천군으로 바뀐 것이다. 그 전의 천군은 하늘의 부르심을 받고 승천했다고 공식적으로 발표했었다.

이연은 마른 손바닥으로 얼굴을 북북 쓸었다. 손바닥에 피가 묻었다. 가슴이 울컥했지만, 누누이 앞에서 약한 모습을 보이고 싶진 않았다. 아무렇지 않은 듯 담담한 표정으로 고개를 젖혀 코피가 멈추기를 기다렸다.

누누이는 천군의 병사들이 보초를 서며 나누는 이야기를 들어서 코피가 무엇을 의미하는지 알고 있었다. 눈은 모두에게 공평했다. 공평하게 모두를 아프게 했다.

스산한 바람이 그들 사이를 휘돌아 감싼 뒤 다시 동굴 밖으로 빠져나갔다. 적막한 고요 가운데 피가 조금씩 목구멍으로 넘어가는 소리만 들렸다. 한참 후, 입을 뗐다 닫았다 여러 번 반복한 누누이가 말을 꺼냈다.

"부탁이 있어. 꼭 들어준다고 약속해."

"들어보고."

이연은 기파랑이 주고 간 옷의 한 귀퉁이를 찢어서 한쪽 콧구멍을 막으며 심드렁하게 답했다. 혹시라도 누누이가 눈 내릴 때 춤추는 걸 방해하지 말라고 부탁하면 가차 없이 거절할 생각이었다. 누누이는 이연을 바라보며 나직이 말했다.

"날 산 아래로 데리고 가 줘."

의외의 부탁이었다. 이연은 뒤로 젖혔던 고개를 내리고 코맹맹이 소리로 물었다.

"마을에는 왜?"

"난 산 아래로 내려가면 죽거든."

"이 소도 밖으로 나가면 죽는다고? 누가 그래?"

물어볼 필요도 없었다. 천군 때문이었다. 누누이는 천군이 바뀔 때마다 혹시나 이번 천군은 다르지 않을까 기대를 걸었지만, 그들은 모두 똑같았다. 누누이가 북소리, 눈, 춤의 쳇바퀴 속에서 영원히 존재하기를 바랐다.

"결계가 처진 것도 아닌데 뭐 그런 말도 안 되는 소릴…"

구시렁거리다가 입을 닫았다. 가만히 되짚어 보니, 누누이의 부탁이 조금 이상했기 때문이다. 누누이는 어딘가를 가고 싶은 게 아니었다. 그랬다면 막연하게 산 아래가 아니라 어디라고 콕 집어 말했을 테니까.

한쪽 눈썹을 위로 올리며 삐딱하게 다시 물었다.

"소도를 내려가기만 하면 돼?"

"응."

"내려가면 죽는다며?"

누누이는 무거운 침묵 끝에 다시 입을 열었다.

"섬 사람들은 눈을 맞으면 아파. 내가 아무리 열심히 춤을 춰도 눈은 멈추지도, 바뀌지도 않아."

그건 사실이었다. 그런데 그다음 이어지는 누누이의 말은….

"…난 나쁜 괴물이야. 내가 사라져야 모두가 살 수 있어."

살려면 뭐든

"우린 친구잖아. 그러니까 들어줘."

이연은 못 들은 척 소도 곳곳을 뒤지며 북을 찾아다녔다. 눈이 내려야 소리가 어디서 나는지 알아낼 텐데, 하늘은 몇 시간째 고요했다. 눈이 내리지 않는 하늘을 원망하게 될 줄은 꿈에도 몰랐다며 퉁명스럽게 중얼거렸다.

"개똥도 약에 쓰려면 없다더니."

이연이 하늘을 보는 동안 누누이는 오직 이연만 보았다. 녀석은 무시하기 힘든 커다란 덩치만큼 고집도 셌다. 이연은 누누이를 돌아보며 날이 선 목소리로 물었다.

"그래서 저번에 눈을 먹은 거야? 죽으려고?"

침묵이 곧 대답이었다. 폭풍처럼 생각이 휘몰아쳤다. 사라져야 한다니, 혹시 천군이 집요하게 세뇌한 건 아닐까. 그런데 천군은 누누이가 제 말을 잘 따르는 '소도의 괴물'로 남기를 바란 거 아니었나. 대체 왜 이러는 거야?

"막말로, 내가 왜 필요해? 너 혼자서는 못 내려가? 넌 나보다 덩치도 크잖아."

"천군의 병사들은 내가 소도 경계까지 가면 번개를 쳐. 그럼 난 기절해. 난 덩치만 컸지 약해. 하지만 넌 마르고 작지만 강하잖아. 병사들 화살도 막 피해 다녔잖아. 내가 다 봤어. 넌 빨라. 그러니까 천궁에도 몰래 들어갔지. 넌 대단해."

분명 칭찬인데, 기분이 하나도 좋지 않았다. 그 이유를 또박또박 말로 풀었다.

"넌 지금 나한테 네가 죽게 해달라고 부탁하는 거야."

"넌 내 친구잖아. 그러니까 부탁을 들어줘."

"그런 게 친구면 때려치워. 친구 따위 안 하고 말지."

그때부터 이연은 누누이를 피해 다녔다. 하지만 그 시간이 길게 지속되지는 않으리라. 하루 한 번 천군의 병사가 지정된 장소에 주먹밥을 놓고 가니 그때가 되면 마주칠 수밖에 없을 테니까. 누누이가 그 장소에 나타나면 말해야지. 죽는다는 애가 꼬박꼬박 밥 챙겨 먹는 거 보라며, 그니까 넌 살고 싶은 거라고. 따끔하게 일깨워줄 생각이었다. 의기양양하게 금줄로 향했다. 그런데 주먹밥이 그대로 있었다. 아무리 기다려도 끝내 누누이는 나타나지 않았다.

"밥도 거르겠다고?"

나 혼자 먹었다고 그렇게 꼽 줘 놓고, 어떻게… 이렇게까지 진심이라고?

믿을 수 없었지만, 다음 날에도 주먹밥은 사라지지 않았다. 그 다음 날에도. 세 개의 주먹밥이 사라지지 않은 채 꽝꽝 얼어갔다. 고민 끝에 산 정상으로 가 보니, 누누이는 덩그러니 퇴적물처럼 앉아 바닥만 쏘아보고 있었다. 이연은 손으로 검은 바닥을 만져보았다. 찌릿한 느낌이 없었다. 그건 눈이 올 때만 가해지는 힘인 듯했다.

이연은 고개를 들어 누누이의 등을 보았다. 털만 풍성했지 속은 삐쩍 말랐는데, 저 덩치에 사흘을 굶었으니…. 잠시 후 서걱서걱 소리가 들렸다. 이 와중에 다른 소리일 리가 없었다. 이연은 거침없이 뛰어가 말렸다.

"눈 먹지 마."

이연은 누누이가 눈을 먹지 못하도록 세게 팔을 잡았지만, 누누이는 아랑곳하지 않고 우걱우걱 눈을 퍼먹었다. 네가 안 도와주면 스스로 하겠다는, 그 무서운 결의가 이연에게도 느껴졌다.

"그렇게 나오겠다 이거지? 좋아."

이연은 팔을 걷어붙인 뒤 그 자리에 양반다리로 앉아 공격적으로 눈을 퍼먹기 시작했다. 시고 씁쓸한 맛에 구역질이 났지만 꾹 참았다. 씹는 과정도 없이 푸드파이터처럼 꾸역꾸역 밀어 넣었다.

"그러지 마!"

누누이는 팔을 뻗어 이연이 눈을 먹지 못하게 막았다.

"먹으면 아파. 아프면 죽어."

"나만 아파? 너는? 너도 나랑 똑같잖아!"

이연이 거칠게 몰아세우자, 붉은 눈에 눈물이 고였다. 죽으려는 녀석이 왜 나를 신경 쓰지? 왜 이러는 거야! 그 순간 이연은 깨달았다.

"산 아래로 같이 내려가자고 한 이유가… 나 때문이었어? 그들이 널 번개 같은 걸로 공격할 동안 나보고 도망가라는 거 아니야? 맞지?"

"…넌 이 섬을 나가야 해."

"대체 무슨 수로? 소도를 내려간다고 해도, 그래 봤자 설화도야. 이 섬엔 배가 없어. 배를 만든대도 바다에 띄우면 배가 삭아서 사라진다고."

"배를 만들어 봤어? 바다에 띄워 봤어?"

"그건…."

"사람들은 아파. 몸만 아픈 게 아니야. 머리도 아파."

섬에 도착한 이후, 이연은 뭔가 깊이 생각하려고 하면 머리가 깨질 것처럼 두통이 심해졌다. 막연히 눈 때문이라고 생각했는데, 혹시 다른 이유가 있는 걸까. 생각해 보니, 며칠 전 소도에 온 후부터 그 어느 때보다 머리가 맑아진 기분이었다. 설화도, 기억상실, 소도. 이 세 가지를 관통하는 무언가가 있을 것 같은데. 오리무중 안개를 헤매는 것처럼 아무리 뻗어도 손에 잡히는 생각이 없었다.

금줄 쪽에서 웅성거리는 소리가 들렸다. 몇 발짝 움직여서 내려다보니, 섬 사람들이었다. 그들 쪽으로 가려고 하자, 겁먹은 누누이가 이연의 팔을 붙잡고 고개를 세차게 저었다.

"사람들은… 머리가 아파."

"넌 여기 가만히 있어. 내가 내려가서 알아보고 올게."

이연은 말리는 누누이를 두고서, 빠르게 달려서 소도 경계까지 내려갔다. 섬 사람들이 금줄을 조심스럽게 만져보고 있었다. 소도의 경계인 금줄을 만지면 번개가 내리쳐서 사람들을 죽인다는 소문이 있었다. 하지만 금줄을 만져도 아무 일도 벌어지지 않자, 용기를 낸 몇이 소도로 들어가려고 할 때, 이연이 그들 앞에 나타났다.

깜짝 놀란 아주머니가 손바닥으로 입을 가렸다.

"이, 이연아! 네가 어떻게… 살아 있었구나!"

"절 구하러 오신 거예요?"

사람들이 쭈뼛거리며 대답하지 못했다. 이연은 미간을 찌푸린 채 시선을 아래로 돌렸다. 그들의 손에는 농기구를 개조한 어설픈 무기가 들려 있었다.

"손에 든 무기는 뭐예요?"

"서, 설괴를 죽이려고…."

기어드는 목소리로 청년이 대답했다. 이연은 무기와 사람들을 번갈아 본 뒤 단호하게 말했다.

"제가 죽은 줄 알고 소도로 복수하러 오신 거면, 보시다시피 전 괜찮아요. 그러니까 모두 돌아가세요. 이러다 천군의 병사들에게 들키면 일이 더 커질 거예요."

충고에도 사람들은 발을 돌리지 않았다. 그제야 이연은 수정의 장례식 때와는 사람들의 분위기가 미묘하게 달라졌다는 것을 눈치챘다. 그들 사이에 은은하게 광기가 느껴졌다.

목수 아저씨가 앞으로 나서서 대표로 말했다.

"천군의 병사들은 우리가 모두 쫓아냈다."

저런 변변찮은 걸 무기로 천군의 병사들을 쫓아냈다고? 싸우는 소리도 전혀 없었고 무기에는 피 한 방울 묻지 않았는데? 게다가 눈을 내리게 하는 설괴를 두려워하며 하늘 손님이니 하늘 마마니 하는 말을 입에 달고 살던 사람들이 갑자기 설괴를 죽이러 오다니….

"혹시 천군이 시켰어요? 설괴를 죽이라고?"

사람들의 움찔하는 표정에서 답을 확신했으나, 이연은 기다렸다. 그들 스스로 진실을 설토할 때까지.

"그, 그게… 설괴의 간을 가져오면 그걸로 약을 만들어서 우리에게 준댔어."

"그걸 믿어요?"

"믿지 않으면? 그 사이 열다섯이 죽었어…."

사흘. 이연이 자리를 비운 시간 동안 열다섯이 죽었다.

그 끔찍한 소식에 이연은 뼈가 굳고 피가 얼어버리는 심정이었다. 사람들 역시 그녀와 다르지 않았다. 손 써 볼 틈도 없이 이웃들이 죽어가자 제정신이 아니었다. 게다가 이연마저 천궁의 약방에 다녀오겠다며 사라진 뒤 감감무소식이었다. 그들은 다음 차례가 자신이 될지도 모른다며 두려워했다.

"흐읍!"

바스락거리는 발소리에, 갑자기 사람들 몇몇이 놀란 토끼 눈으로 무기를 앞세웠다. 이연이 걱정된 누누이가 내려온 것이다. 소문으로만 듣던 커다란 덩치와 붉은 눈을 직접 대면한 사람들은 무기를 든 손을 덜덜 떨었다.

"서, 설괴다!"

"설괴야! 주, 죽⋯."

죽여, 라고 말하고 싶었을 것이다. 하지만 청년은 겁에 질려 말을 끝맺지 못했다. 설괴와 거리가 너무 가까웠다. 고작, 금줄 하나를 사이에 두고 있었다. 저 긴 팔을 올려 휘두르는 순간 모든 게 끝이라는 생각이 들자, 오줌보가 터질 것 같았다.

목수가 입을 꾹 다물고 무기를 고쳐 쥐었다. 작은 움직임을 빠르게 잡아낸 이연이 먼저 행동에 나섰다. 긴장과 오해 속에 자칫 불상사가 벌어질까 염려해 이연이 팔을 벌려 등 뒤로 누누이를 보호하며 다급히 말했다.

"여러분이 두려워하던 설괴는 하늘에서 눈을 내리게 하지 않아요. 천군이 소도에 설괴를 가두고 우리 모두를 속인 거예요."

북소리가 울리면 산 정상으로 올라가서 바닥에서 꿈틀대는 번개에 고통스러워하면서도 저주를 퍼붓듯 눈을 몰아내는 춤을 추고, 그게 실패할 때마다 끔찍한 자괴감에 휩싸여 스스로 목숨을 끊으려고 눈을 퍼먹고, 천군의 병사들에게 죽을 걸 알면서도 스스로 산 아래로 내려가 눈이 내리는 걸 막으려고 한 것까지, 숨도 쉬지 않고 모두 전달했다. 이연은 천군의 병사가 하루 하나씩 주는 주먹밥이 꽝꽝 얼어있는 것도 보여주었다.

그래도 사람들이 믿지 않자, 이연은 누누이의 손끝을 보여주었다.

"손끝이 검죠? 그간 오랫동안 눈을 맞아서 그래요. 눈이 내릴 때마다 산 정상에 올라가서 눈이 그칠 때까지 춤을 췄으니까요. 지금까지 살아 있는 게 기적이라고요. 근데 이 녀석의 간을 먹으면 낫는다고요? 하. 이 녀석을 죽인다고 해도 병은 낫지 않아요."

이연의 목소리에 사람들의 눈동자가 힘없이 흔들렸다. 스산한 바람이 불었다. 안될 줄 알았다면서 청년이 울먹였다. 그들은 혹시나 하는 기대를 품었던 것을 부끄러워했다. 갑자기 천군이 그들에게 친절한 게 이상한 줄 알면서도 자신도 죽을지 모른다는 공포에 순간 이성을 잃은 것이다.

목수 아저씨는 조악한 무기를 내리고 마을 쪽을 내려다보며 자조했다.

"이곳에 희망은 없어."

왜 망태 할아버지만

"네가 소도에 끌려간 후로 모두 잠을 자지 못했어."

아주머니는 초라한 농기구를 들고 소도까지 올라오게 된 이유를 말했다. 늘 배가 곯아 기력도 없는 설화도 사람들에게 잠은 내일을 살기 위한 필수 영양소와 같았다. 그런데 알 수 없는 이유로 집단 불면증에 걸린 것이다.

"다들 지금 꿈속에서 헤매는 기분일 거야."

아주머니 목소리가 축 처져 있었다. 설괴를 죽이면 병이 나을 수 있다는 희망이 사라져서일까, 그들은 급격하게 기력이 떨어졌다. 이연이 사람들의 맥을 짚어보았으나 잘 느껴지지 않았다. 스승에게 배운 대로 최대한 뼈가 닿는 느낌으로 강하게 누르자 그제야 맥이 잡혔다. 미간을 찌푸렸다.

"제가 없는 사이 색다른 걸 먹진 않으셨어요?"

"천군이 네가 천군의 약방에 손댔다는 걸 빌미로 그동안 주던 쥐똥만한 곡식 배급조차 끊었어."

설화도 사람들은 공기세, 거주세, 주민세 등 온갖 세금으로 모두 곡식을 빼앗겨서 따로 모아둔 것이 없었다. 하루는 먹지 않고 버텼지만, 이틀째부터는 허기를 견디지 못하고 공용 우물의 물로 배를 채웠다. 사흘째부터 사람들이 죽어 나가기 시작했다.

"물맛이 달라졌다거나 냄새가 이상하다거나 하는 점 못 느끼셨어요?"

"잘 모르겠네. 평소에도 우물이 깨끗진 않았으니까."

이연은 직접 우물을 확인해봐야겠다고 생각하며 질문을 이어 갔다.

"천군의 병사들은 어디 있어요?"

"산 아래로 내려갔어. 반나절은 여기로 올라오지 않을 거랬어."

틈을 만들어 줄 테니 직접 그들의 손으로 처리하라는 배려였다. 어찌 된 일인지 천군에게 더는 '소도의 괴물'이 필요하지 않은 것이다.

이연은 눈에 잠이 그득그득한 얼굴을 둘러보았다. 한 사람이 보이지 않았다. 설마 내가 없는 사이 돌아가신 걸까. 떨리는 목소리로 물었다.

"망태 할아버지는요?"

"집에 계실 거야. 망태 할아버지는 우리와 함께 가지 않겠다고 하셨어. 다들 잠을 못 자서 제정신이 아니라면서, 소도에 가겠다는 우릴 혼내셨지."

"망태 할아버지는 괜찮으셨어요?"

"이상하게 망태 할아버지만 괜찮아 보였어. 우리처럼 물밖에 못 먹었지만, 잠은 꼬박꼬박 주무시는 것 같았는데⋯."

"이만 내려갑시다."

목수 아저씨가 괴물을 잡을 수 없다면 여기 있는 게 무슨 소용
이겠냐며 사람들과 산 아래로 내려가려고 했다. 이연은 지금은 안
된다며 사람들을 막아섰다.

"천군의 병사들이 반나절은 여길 비우겠다고 했죠?"

"우리가 설괴를 잡는 걸 너무 두려워하니까, 시간을 넉넉히 주
겠다고 하더라고."

"잠시만 여기 있어 주세요. 천군의 병사들이 눈치채기 전에 망
태 할아버지만 왜 괜찮으신 건지 알아봐야겠어요. 우물도 확인하
고요."

"우물은 폐쇄됐어. 오늘 아침 거기서 시체가 발견됐거든."

마을 청년 하나가 지난밤 우물에 빠져 죽은 것이다. 비몽사몽
중에 발을 헛디딘 것인지 아니면 스스로 목숨을 끊은 것인지는 확
실치 않았다.

천군의 병사들은 시체를 치우면서 우물을 폐쇄하겠다고 발표
했다. 그러자 사람들이 조악한 무기를 들고 일어났다. 배급도 끊긴
마당에 우물까지 폐쇄하면 우리는 죽으라는 거냐며.

"그래서 천군이 소도의 괴물을 잡으라고 했던 거군요? 사람들
이 문제를 일으키기 전에 관심을 돌리려고."

화가 났다. 이유 있는 분노였고, 정당한 분노라고 자부했지만,
이연은 감정에 충실할 수가 없었다. 분노에 사로잡히면 실수할 수
있으니까. 언제나 의원은 이연을 붙잡고 제발 그 성질 좀 죽이라며

내내 잔소리했다.

의원은 고집 세고 성질 나쁜 이연이 늘 당신의 말을 한 귀로 듣고 한 귀로 흘린다며 타박했으나, 이연은 가끔 그의 그 잔소리가 명치 끝에 덜컹 걸릴 때가 있었다. 바로 지금처럼. 이연은 제 안의 끓어오르는 분노를 억누르기 위해 눈을 감았다가 뜬 후, 누누이에게 말했다.

"싸우는 소리를 크게 내. 사람들이 널 공격해서 네가 괴로운 것처럼."

"왜?"

"에그머니나! 저것이 말을 하네!"

사람들은 깜짝 놀란 얼굴로 누누이를 손가락으로 가리켰다. 이연은 누누이를 자랑스레 소개했다.

"수화도 해요. 한글도 쓰고요. 보여드려."

"응!"

누누이는 눈 위에 검은 손가락으로 제 이름을 썼다. 제법 필기체로 멋들어지게 폼을 재고 싶었으나, 혹시라도 못 알아볼까 싶어서 일부러 정자로 또박또박 적었다.

누누이의 글씨가 악필인지 명필인지는 문제가 아니었다. 설괴가 말을 할 줄 알고 글을 쓴다는 것이 사람들의 두려움을 증폭시킬지 아니면 해소할지 알 수 없었다.

이연은 오랫동안 보아온 설화도 사람들을 믿었다. 그들 마음 깊은 곳에는 선함이 남아 있다고 믿었다. 마을 사람들은 생명을 소중히 여겼다. 그래서 이웃 사람들의 죽음에 마치 제 혈육이 죽은 것처럼 아파했다. 기억이 가물가물한 중에도 그들은 너나 할 것 없이 어려운 상황 속에서 의지했다. 이연은 설화도 사람들이 두른 '우리'라는 울타리에 소도의 괴물도 함께 할 수 있기를 바랐다.

"한글은 제가 가르쳤어요. 누누이는 제 친구예요."

오래전 의원이 사람들 앞에서 이연을 자신의 뒤를 이을 녀석이라고 소개한 것처럼, 이연 역시 누누이를 제 편이라고 소개했다. 의원과 이연처럼 스승과 제자 관계는 아니지만, 우리는 그만큼 친한친구라고.

목수 아저씨가 미간에 세로줄이 잡힐 정도로 힘을 주었다.

"우리가 너 없는 사이 저 녀석을 어떻게 할까 봐 그러는 거냐?"

"그러지 않으실 거잖아요."

"저 녀석은 설괴다."

"설괴가 아니라 누누이예요."

목수 아저씨는 주먹에 힘을 주고 뒤돌아보았다. 누누이는 사람들을 많이 본 게 처음이어서 긴장한 채 활짝 웃고 있었다.

"설마 웃는 거야?"

"윗니를 드러냈잖아. 공격하겠다는 거 아니야?"

너무 긴장한 탓에 가느다란 윗입술이 잇몸 쪽으로 말려 올라간 것이다. 누누이는 조심조심 입을 다물었다. 여전히 입술은 누가좌우로 당긴 것처럼 팽팽하게 이어져 있었지만. 할 수만 있다면 '이건 미소랍니다!'라고 쓰인 팻말을 들고 서 있고 싶었다.

아주머니가 의뭉스럽게 누누이를 쳐다보다가 불쑥 털을 만져 보자, 누누이는 깜짝 놀랐다. 그 순간에도 사람들 앞에서 웃어야 한다는 생각이 먼저였다. 그래서 지어진 표정은 조금 기괴했다. 눈을 공포 영화의 한 장면처럼 찢어질 듯이 크게 뜬 채 반사적으로 입을 크게 벌렸는데, 소리는 또 없었다. 침묵의 파안대소였다.

"울 것 같은데…."

"거 왜 애를 울리고 그래."

"내가 언제? 그리고, 얘가 애는 아니지."

아주머니가 억울하다는 듯 손을 내저으며 말을 이었다.

"이렇게 덩치가 큰데 어딜 봐서 애가…."

덩치 크다고 애가 아니라니, 괴물의 세계에서는 그 또한 고집스러운 편견이었다. 아주머니가 집요한 시선으로 녀석을 보았다. 잠시 후, 이쯤 되면 빠지지 않고 나오는 호구 조사가 시작되었다.

"거시기, 몇 살인가 모르겠네."

묻는 것도 아니고, 그렇다고 혼잣말하는 것 같지도 않았다.

이연의 동공이 커졌다. 누누이가 나이를 말하면 분위기가 틀어질까 봐, 급히 나서려는데.

"몰라요."

"으응?"

"가, 갑자기 기억이 안 나요…."

누누이는 시선을 아래로 내리고 입을 비죽거렸다. 정말 울 것 같은 표정으로.

어? 뭔가 이상한데. 설마 저 자식이 거짓말을….

같은 상황에 두 가지 다른 답변. 둘 중 하나는 거짓말이라는 건데, 거짓말은 용서가 안 됐다. 이연이 팔을 걷어붙이고 너 뭐냐고 누누이에게 따져 물으려는데, 누누이를 바라보는 사람들의 표정이 스르륵 변했다.

"괜찮아, 기억 안 날 수도 있지. 괜찮아 괜찮아."

"아이고, 너는 우리처럼 명찰이 없었나 보네."

"있었겠어? 저렇게 옷도 없이 벌거벗고 서 있는데."

"쯔쯔, 아유. 거, 추울 텐데 옷이라도 좀 주지."

"털이 저런데, 옷이 가당키나 해? 맞는 게 있겠냐고."

"거 정씨는 말을 왜 또 그렇게 해. 듣는 사, 아니, 괴, 아휴, 어쨌거나 거 애를 앞에다 두고."

"아무리 봐도 애는 아닌 것 같은데."

이연은 조금 떨어진 곳에서 그 모습을 똑똑히 지켜보았다. 앙큼한 것. 하지만 잘했어.

이연은 은밀히 누누이를 향해 엄지를 치켜세웠다. 누누이는 입술을 복주머니처럼 조여서 미소가 튀어나오려는 걸 참았다.

그때, 그들 사이를 가르듯이 무뚝뚝한 목소리가 옆에서 터져 나왔다.

"다녀와라."

목수 아저씨가 무표정한 얼굴로 누누이를 주시했다. 누누이가 조금이라도 이상한 낌새가 보이거나 사람들을 공격할 것을 대비해 손에 든 쟁기를 고쳐 쥐었다. 이연은 금방 다녀오겠다고 한 후 바람을 가르며 내려갔다.

산을 반쯤 내려갔을 때, 누누이의 괴성이 산을 진동했다. 고개를 돌려 위를 바라보았다. 사람들의 욕설이 들렸다.

"연기겠지?"

근데 아니라면? 갑자기 천군의 병사가 나타났다거나, 아니면 오해가 생겨서 대치하게 된 거라면? 산으로 뛰어 올라가 확인하고 싶은 마음이 굴뚝 같았지만, 남은 시간이 별로 없었다. 걱정을 질끈 동여매고 산 아래로 뛰었다.

망태 할아버지 집은 해가 잘 들지 않아 눈이 깊게 쌓여 있어서 천군의 병사들도 이쪽으로는 잘 오지 않았다. 푹푹 꺼지는 눈을 헤치며 크게 소리쳤다.

"망태 할아버지! 계세요? 저 이연이에요!"

할아버지는 귀가 어두웠다. 절박해진 이연은 배에 힘을 주고 불렀다. 몇 번이나 더 소리친 뒤에야, 망태 할아버지는 방문을 빼꼼 열고 고개를 내밀었다.

"…이연이냐?"

"네, 할아버지! 이연이에요!"

시력만큼은 짱짱한 망태 할아버지는 버선발로 마당으로 나와 손을 덥석 잡았다.

"네가 여긴 어떻게 왔어? 소도에서 탈출한 거냐?"

이연은 천군의 약방에 간 날부터 조금 전 산 위의 상황까지 모두 상세하게 알려준 뒤 급하게 말했다.

"그래서 말인데요, 할아버지 물병 좀 봐도 될까요?"

이연이 물병 이야기를 꺼내자 망태 할아버지는 손을 탁 놓고 뒤로 물러섰다.

"너도 내 물병을 빼앗으려고 온 거냐?"

"아니에요. 다른 분들과 달리 할아버지만 잠도 잘 주무시고 괜찮으신 게 왠지 그 물병 덕분인 것 같아서요. 어떻게 된 건지 확인하고 싶어요."

"…빼앗는 건 아니지?"

"절대요. 미덥지 않으시면 제가 물병을 살펴볼 동안 그걸 들고 도망가지 못하게 제 팔 한쪽을 잡고 있으세요."

"…흐음."

망태 할아버지는 쭈뼛쭈뼛 품에서 물병을 꺼내서 건네주었다. 이연은 그 물병을 보자마자 바로 무엇인지 알았다. 산악인들과 제3국 난민들을 위해 만들어진 휴대용 물 정수기였다. 겉은 나무로 제작되었지만 안쪽은 다른 재질이었다. 휴대용 정수기가 왜 망태 할아버지의 손에 있는 걸까? 그리고 며칠 전만 해도 보고도 몰랐는데, 나는 갑자기 이걸 어떻게 아는 거지?

이연은 눈에 힘을 주고 지푸라기에서 바늘을 잡듯이 꼭 해야 할 질문을 던졌다.

"이걸 할아버지께 누가 드렸어요?"

"내, 내가 만든 거다!"

"이걸 어디서 구했는지 알면 다른 사람들도 할아버지처럼 건강해질 수 있어요."

"…흐음."

설득과 방어의 설왕설래 끝에 망태 할아버지가 입을 열었다.

"천궁에서 일하는 기파랑이란 놈이 준 거다."

그렇게 좋은 세상

"기파랑이요?"

"하지만 이제 이것도 소용없다. 고장 났어. 그놈이 널 보러 소도까지 찾아왔다고 했지? 부탁 좀 하자. 이걸 가져가서 기파랑한테 새로 좀 구해줄 수 있는지 물어봐 줘."

문득 이연은 얼마 전 누누이와 한 이야기가 떠올랐다. 설화도에 왜 온 거냐고 누누이가 물었을 때, 무의식적으로 마법의 눈 때문에 왔다고 대답했다. 망태 할아버지는 섬에서 가장 오래 지냈으니 뭔가 알고 있지 않을까.

"혹시 마법의 눈이라고 아세요?"

"하늘에서 퍼붓는 빌어먹을 눈 말이냐?"

"잘 모르겠어요. 하늘에서 내리는 건지 아니면 사람 눈인지."

"무슨 소리냐 그게."

"제가 마법의 눈 때문에 설화도에 온 것 같거든요. 소도에 간 이후로 저도 모르는 말을 많이 했어요. 이 휴대용 정수기도 그렇고, 뭔가 알 것 같은데 정확히는 모르겠어요."

"…흐음."

망태 할아버지는 이연을 한참 바라보다가 자신도 요즘 예전과 달라졌다면서 위로하듯 고백했다.

"근래 잠만 자면 미래를 본단다. 그곳은 천국이야. 모든 것이 완벽하지. 이 지옥 같은 섬과는 달라."

휴대용 정수기 속 물을 마신 이후 시작된 꿈이었고, 미래였고, 천국이었다.

"그곳이 왜 미래라고 생각하세요? 과거일 수도 있잖아요."

"그렇게 좋은 세상이 과거일 리가 없지."

망태 할아버지는 단언했고, 이연은 그 말에 토 달지 못했다. 설화도 사람들에게 미래는 신기루 같은 것이었고, 과거는 실체를 알 수 없는 족쇄였다. 어쩌면 섬 주민들은 기억나지 않는 과거의 죄로 인해 여기 갇힌 것이 아닐까. 천군의 병사들은 그들을 죄인처럼 취급하지 않는가.

망태 할아버지가 '꿈'을 꾼다는 건 중요한 단서였다. 혹시 다른 사람들과 달리 과거가 기억나는 게 아닐까? 과거가 기억난다는 것은 생각만으로도 가슴 뛰는 일이다. 하지만 그간 누구도 과거에 대해 입 밖에 내 본 적이 없었다. 기억나지 않은 과거에 집착하다 처지를 비관해 극단적인 선택을 한 사람도 적지 않았다. 이연은 조심스럽게 망태 할아버지에게 물었다.

"망태 할아버지 어렸을 때도 누누이가 있었어요?"

"누누이가 뭐냐."

"소도에 사는 설괴의 이름이에요."

"그놈을 누누이라고 불러? 설마 너 그 괴물 놈한테 마음을 빼앗긴 거냐?"

"누누이가 춤을 춰서 눈이 내리는 게 아니라니까요."

일흔셋은 다른 사람에게 쉽게 설득당할 나이가 아니었다. 하지만 그는 이연을 믿었다. 망태 할아버지는 희망으로 이어질지 모르는 믿음을 따라가고 싶었지만, 그 역시 기억의 함정에서 벗어나지 못했다.

"내가 어렸을 때는 괴물이…."

억지로 기억을 끌어내려고 하자, 뇌압이 올라가 눈에 핏발이 섰다. 이연은 팔을 붙잡고 그러지 말라고 말렸지만, 망태 할아버지는 고집을 부렸다. 스스로 해내고 싶었다. 오늘은 꼭.

"할아버지, 저 보세요. 할아버지!"

간절한 외침에 망태 할아버지가 겨우 이연과 눈을 맞추었다. 이연은 천천히 심호흡하며 망태 할아버지의 호흡을 이끌었다. 거친 호흡이 점차 잦아들었다.

"마법의 눈이라니, 마법의 눈이…."

"제가 괜한 걸 물었어요. 그냥 헛소리예요. 잊으세요."

"마법의 눈이야. 마법의 눈."

그는 이연의 부탁에도 마당을 뱅글뱅글 돌며 같은 말을 반복했다.

그때였다.

둥 둥 둥 둥.

북소리가 이연의 뒤통수를 때렸다. 눈이 오기 시작했다. 누누이가 또 산 정상에 올라가 춤을 출 텐데. 척추를 타고 소름이 돋았다. 막아야 해!

이연은 허둥지둥 대문을 나서다가 뒤를 돌아보았다. 망태 할아버지가 이상한 음을 흥얼거리며 마법의 눈을 중얼거리고 있었다. 마당에 서서 계속 눈을 맞지는 않을까 걱정돼서 방으로 안내하려는데, 망태 할아버지 스스로 신을 벗고 방으로 들어갔다. 눈을 피할 정신은 있는 것 같으니 괜찮지 않을까? 머리에 옷을 뒤집어쓰고 산으로 뛰었다.

가뿐히 금줄을 뛰어넘고 산꼭대기로 뛰었다. 북소리가 울리고 눈이 내리는데, 사람들도 누누이도 보이지 않았다. 검은 바닥에 손을 대보았다. 찌릿찌릿한 통증이 전해졌다.

"누누이! 누누이!"

어떤 대답도 돌아오지 않았다. 점점 눈이 거세지고 있었다. 애타는 마음에 눈을 더 크게 뜨고 주위를 살폈다. 바닥에 팬 흔적이 눈에 들어왔다. 사람의 발자국 같았다. 천군의 병사들이 들이닥친 걸까? 어지럽게 찍힌 발자국을 따라 고개를 숙인 채 부지런히 발을 옮겼다. 발자국이 끊긴 곳은 동굴 앞이었다. 고개를 든 이연은 예상치 못한 광경에 말문이 막혔다.

"왜 눈을 맞고 서 있어? 얼른 들어오지 않고. 하늘 손…, 눈을 맞으면 몸이 아픈 걸 잘 알면서."

"아주머니, 방금…."

"하늘 손님이니 하늘 마마니 다 무슨 소용이야. 네 말대로 눈은 눈이지."

아주머니가 이연 옷에 닿은 눈을 털어내는 동안 누누이가 뒤에서 애절하게 불렀다.

"이연…"

"쑵, 안 돼. 가만있어."

누누이가 엄마 찾는 아이처럼 손을 내밀어 이연에게 가려고 하자, 목수 아저씨와 사람들이 누누이가 움직이지 못하게 옆에서 꽉 잡았다. 이연은 휘둥그레진 눈으로 아주머니에게 물었다.

"어떻게 된 거예요?"

"그게… 저 누누이란 녀석, 정말 골 때리는 놈이더라."

누누이를 향해 눈을 흘기는 아주머니의 시선에서 증오는 보이지 않았다. 오히려 이연이 섬에서 탈출하겠다고 대책 없이 날뛸 때, 신속히 말리던 표정에 가까웠다.

"네가 내려가고, 눈밭에서 소릴 지르려니까 사람들도 힘들고 저 녀석도 금세 지쳤어. 다들 힘들어하니까 이놈이 동굴로 가자고 하더라고. 그래서 동굴에 앉았는데, 갑자기 북소리가 들리니까 이놈이 산꼭대기로 올라가는 거야."

아주머니가 누누이를 보며 말을 이었다.

"네 말대로더라. 눈 맞으면 아프다고 나가지 말라고 말렸는데도, 이놈이 말을 들어야 말이지. 기어코 산꼭대기까지 올라가서 기괴한 춤을 추더라니까? 바닥은 찌릿찌릿하고. 그래서 억지로 끌고 내려왔어."

모두 합심해서 누누이가 춤을 추러 가지 못하게 온몸에 매달려 있는 것이었다. 누누이 팔 하나에 세 명씩 매달려 있었고, 두 명은 어깨에 매달려 있었으며, 다리에는 다닥다닥 남은 모두가 매달려 있었다. 목수 아저씨가 매의 눈으로 바깥을 살피는 이연에게 말했다.

"눈이 내리는 동안에는 천군의 병사들이 올라오지 않을 거다. 그들도 눈 내리는 걸 질색하니까."

목수 아저씨의 목소리에 졸음이 가득했다. 몇몇은 누누이를 잡은 채 꾸벅꾸벅 졸고 있었다. 몸을 녹일 모닥불은 없었지만, 누누이를 말린다는 핑계로 딱 붙어 살을 맞대자 온기가 서로에게 전해져 얼었던 몸이 스르르 풀렸다.

얼마 지나지 않아 동굴에 규칙적인 숨소리가 나직이 퍼졌다. 사람들은 누누이에게 매달린 채 몸을 포개고 잠들었다. 아주머니의 코골이가 자장가처럼 잠든 사람들을 토닥이는 것 같았다. 평화로운 낮잠의 한가운데, 오직 누누이와 이연만 깨어 있었다.

이연은 고장 난 휴대용 정수기를 꺼내 돌려보았다. 누누이가 고개를 빼고 그게 뭐냐며 물었다. 이연은 사람들이 깰까 봐 수화로 알려준 뒤 꼬리처럼 말을 덧붙였다.

— 천궁에 가서 기파랑한테 자세하게 물어봐야겠어.

— 나도 같이 갈래.

— 안 돼.

— 나도 같이 가고 싶어.

— 네가 움직이면 사람들이 깰 거야.

누누이는 제 팔에 매달린 채 코를 골며 자는 사람들을 보았다. 귀찮지만 좋은데, 좋지만 또 부담스럽다는 표정이 시시각각 얼굴에 변화무쌍하게 지나갔다. 자는 중에도 좀 추운지 팔에 매달린 사람이 누누이의 털 속으로 머리를 더 파고들었다.

그 즉시 누누이의 눈이 동그랗게 커졌다. 그 모습을 보며 이연은 잘 익은 토마토 같다고 속으로 생각했다. 입에 침이 고였다. 토마토 따위는 먹어본 적은커녕 뭔지도 잘 모르면서. 아까 망태 할아버지의 정수기를 잡았을 때처럼, 명확하지 않은 지식이 단편적으로 튀어나왔다.

— 며칠 만에 겨우 잠들었으니까 좀 더 자게 해줘.

수화로 차분하게 말하자, 누누이가 마지못해 고개를 끄덕였다. 누누이는 검은 손가락으로 제 발밑에 누운 사람의 머리칼을 쓸어 넘겼다. 다정한 행동에 이연은 마음이 따뜻해졌다.

이연은 금방 다녀오겠다며 조심조심 자리에서 일어났다. 숨을 크게 들이마신 후 동굴 밖으로 나가 눈을 헤치고 다시 산 아래로 뛰었다. 눈이 쉴 새 없이 퍼붓는데도, 내려오는 걸음이 아까보다 훨씬 가벼웠다. 이제는 사람들에게 누누이를 믿고 맡길 수 있었다.

천궁 주변은 고요했다. 담장을 넘어 천군의 약방으로 향했다. 불과 며칠 전에 침입자가 있었는데도, 역시나 보안은 허술했다. 뭘 믿고 이렇게 태평한지 모르겠다고 불퉁거리다가, 문득 걸음이 느려졌다.

천궁 마당에 눈이 쌓여 있지 않았다. 왜 천궁에만 눈이 내리지 않는 거지? 더 알아보고 싶었지만, 멍하니 하늘만 쳐다보는 위험을 감수할 수 없었다. 저번처럼 걸리면 설화도 사람들 모두가 위험해질 테니까.

천군의 약방 문을 열자마자 파랑과 눈이 마주쳤다. 파랑이 해맑게 물었다.

"나랑 같이 가려고 온 거야?"

일단 가자

오늘은 보름달이 뜨는 날이었다.

까맣게 잊고 있었다. 그간 너무 많은 일이 있었던 데다 파랑이한 말을 가슴 깊이 담아두지도 않았다. 이연이 우물쭈물하자, 파랑이 시무룩한 얼굴로 되물었다.

"그것 때문에 온 게 아니구나?"

"실은 이것 때문에 온 거야. 네가 망태 할아버지께 드린 거 맞지?"

파랑은 이연에게서 받은 휴대용 정수기를 분해한 뒤 필터를 살피며 말했다.

"드렸다고 하기에는 좀. 근데 이거 망가졌네. 필터 여분도 없는데."

"이걸 왜 망태 할아버지께 드린 거야?"

"너 때문에 설화도까지 오겠다고 맘먹었지만, 솔직히 무섭더라고. 설화도잖아. 그래서 생존 도구를 몇 개 챙겼는데, 천궁에 정수기가 있더라. 그래서 너한테 이걸 주려고 했는데, 일이 꼬였어."

"나한테?"

"내가 너 아니면 여길 왜 왔겠어. 그간 천군의 감시가 심해서 밖에 나갈 수조차 없었어. 겨우 승인이 떨어져서 식물을 살피러 나간 날에도 천군의 병사들이 날 돕겠다는 명목으로 딱 붙어서 감시했어."

"천군은 널 믿지 않았구나?"

"여기 온 첫날부터 날 의심했지. 그러다 천군의 병사 둘이 숙취 때문에 자는 틈을 타서 너희 집으로 가다가 망태 할아버지한테 딱 걸렸거든. 어디 감히 여자 혼자 사는 집에 알짱거리냐면서 다리 몽둥이를 부러뜨리겠다며 쫓아오더라고. 그래서 아니라고, 이 물병을 주려던 거라고 했더니, 아휴, 뭐, 그렇게 된 거지."

파랑은 어떻게든 이연에게 말이라도 붙여보려고 했지만, 시도하는 족족 실패했다. 천군의 병사들 눈을 용케 피한다고 해도 설화도 사람들 전체가 이연을 보호했다. 의원이 떠나고 남은 환자들을 살리기 위해 고군분투 애쓰는 이연의 마음이 사람들이 스스로 움직이게끔 만든 것이다. 이연은 자신도 알지 못하는 사이 사람들로부터 보호받고 있었다는 것을 알게 되자 마음이 울컥했다. 감정을 추스르고 휴대용 정수기로 눈을 돌렸다.

"망태 할아버지는 이 안의 물이 천국이고 미래라고 하셨어. 이걸 마시고 자면 미래를 보신다고."

"특수 휴대용 정수기로 기억상실 유도제도 걸러져서 과거가 떠올랐을 거야."

"과거?"

"설마 너 그때 내가 준 약 안 먹었어?"

"난 널 믿지 않아…."

파랑은 낯에 서운함이 드리웠다. 이내 자신이 천군의 병사로 일하는 것처럼 보일 테니 그럴 수 있다며, 품에서 마지막 약병을 꺼냈다.

"저번에 다 줘서, 이제 한 알밖에 안 남았어. 먹고 안 먹고는 네 선택이야. 근데 너도 궁금하잖아. 왜 갑자기 설화도에 오게 된 건지."

이연은 약병을 받아든 뒤 천군의 약방을 둘러보았다. 며칠 사이 식물이 많이 죽어 있었다. 치료제인 줄 알고 식물을 조금씩 뜯어갔었는데, 혹시 나 때문에 죽은 걸까? 파랑이 옆으로 다가와 고사한 식물을 보며 말했다.

"너 때문은 아니야. 이곳 식물에서도 답을 찾지 못했을 뿐이야."

"이 식물들은 다 뭐야? 이걸로 뭘 하려는 건데?"

"지구의 멸망을 막고 있었지!"

파랑이 양 주먹을 허리에 대고 15도 각도로 고개를 돌려 위쪽을 바라보았다. 고전적인 영웅의 자세였다. 이연이 정색하고 으르렁거렸다.

"장난까지 말고."

"이게 다 '기후 악당' 때문이야."

"그게 누군데?"

"누구가 아니라…. 이건 네가 자주 쓰던 표현인데, 진짜 약 안 먹은 거 맞네."

이연이 말없이 팔짱을 끼고 기다리자, 파랑이 설명을 이었다.

"식물은 대기 중의 탄소를 흡수해서 광합성을 해. 그렇게 흡수한 탄소는 줄기, 가지, 이파리에 저장되지. 때론 뿌리에 저장하거나 낙엽과 잔가지를 바닥에 떨궈서 숲 바닥에 쌓는 방법으로 탄소를 흙 속에 묻어버려. 실제 나무는 대기 중 이산화탄소를 포집하는 데 별로 효과가 없어. 식물은 죽어서 썩으면 탄소를 대기 중으로 되돌려 보내니까. 그래서 개발한 게 인공 나무야."

"인공 나무?"

"탄소 제거 능력이 광합성보다 1,000배 이상 높은 나무야. 죽으면 썩는 게 아니라 장기간 매장이 가능한 베이킹소다로 탄소를 전환하지. 기후학자, 식물학자, 공학자가 여러 버전의 인공 나무를 만들었어. 그 실험을 설화도에서 한 거고. 인공 나무의 효과를 확인할 식물학자가 필요해서 내가 온 거야."

"인공 나무를 만들어서 뭘 하게?"

"탄소를 없애는 거지."

파랑의 입에서 너무 많은 정보가 쏟아져 나왔다. 파랑이 황새라면 자신은 뱁새처럼 초라하게 느껴졌지만, 이연은 가랑이 찢어져 볼 각오로 거침없이 질문했다.

"탄소가 기후 악당이야?"

"뭐, 아예 틀린 말도 아니지."

이연은 두서없이 던져진 정보를 종합했다. 탄소 제거용으로 만들어진 인공 나무를 설화도에서 실험했고, 파랑은 그것을 연구하기 위해 온 녀석이란 소리였다. 천군의 약방을 가득 채운 인공 나무들을 둘러보았다.

"저것들은 실패했으니까 다시 새로운 나무를 만들 거야?"

"사실 이게 된다 해도 10퍼센트 정도밖에 탄소를 흡수하지 못해. 문제는 인공 나무를 만드는 비용이 너무 비싸다는 거야. 동서고금을 막론하고 언제나 돈이 문제지."

탄소, 베이킹소다, 공학자 등 낯선 단어에도 이연은 파랑의 말을 이해했다. 그게 뭔지 설명할 수는 없는데 그렇다고 또 아예 모르는 것도 아니었다. 마치 이승과 저승 사이 연옥처럼, 이해와 무지 사이 경계를 어정거리는 느낌이었다.

그게 표정으로 드러나자, 이연보다도 파랑이 더 놀랐다.

"설마 너, 내 말 다 알아들은 거야? 아직 약도 안 먹었는데 어떻게 알지? …아! 소도로 간 후 물을 안 먹었구나?"

"거긴 물이 따로 없으니까."

"역시. 근데 인간은 물 없이는 생존이 힘든데, 어떻게 버텼어?"

"물 대신 눈을 먹었어."

"눈은…."

"먹으면 아프지. 나도 알아. 누누이도 그래서 날 말렸으니까. 아, 누누이는 소도의 괴물 이름이야."

"그 괴물이… 널 말렸다고?"

"누누이는 사람들이 생각하는 그런 괴물이 아니야. 너도 직접 누누이를 만나보면 생각이 바뀔 거야."

이연의 말에도 파랑은 팔짱을 낀 채 방어적인 자세를 풀지 않았다. 딱히 누누이를 직접 만날 생각도 없었고, 설사 만난다 해도 생각이 변하지 않을 테니까. 파랑은 어깨를 으쓱했다.

"눈에는 기억상실 유도제가 없으니까 괜찮아진 건가."

섬 사람들 모두 기억상실 유도제가 담긴 물을 먹어서 과거를 모른다고 파랑이 부연하자, 이연은 미간에 줄이 생겼다.

"그딴 걸 물에 넣었다고? 사람들이 그래서 자기 이름도 헷갈리는 거고? 누가 그런 짓을 한 거야? 천군이야?"

"쉬잇, 목소리 낮춰. 여긴 천궁이야. 그리고 천군이 맞긴 하지만, 천군도 실은…. 이야기가 복잡해. 가면서 이야기하자."

"어딜?"

"섬에서 탈출해야지. 육지로 가는 방법이 있어."

뭐라고 대꾸할 말을 찾지 못해 바보처럼 입을 벌리고 섰는데, 준비한 자료를 챙긴 파랑이 급한 마음에 대뜸 손을 잡았다. 이연은 불에 댄 것처럼 화들짝 놀라며 파랑에게서 손을 뺐다.

"뭐야. 벌레 물린 것 같은 표정은…. 나 방금 상처받았어."

네 상처 따위는 내 알 바 아니라는 듯이 이연이 또박또박 말했다.

"내 몸에 손대도 된다고 허락한 적 없는데?"

"이야, 내로남불 오지네. 내 얼굴에 주먹으로 코침 놓을 때는 내 허락받았냐? 진짜 내가 백번 이해하고 그 얘기 안 하고 넘어가려고 했는데, 아직도 코가 시큰거려."

"정정할게. 난 손을 잡을 만큼 널 믿지 않아."

파랑은 뒤끝이 있었고, 이연은 매사 뻔뻔했다. 팽팽한 신경전이 침묵 속에서 빠르게 오가는 중, 파랑이 먼저 입을 뗐다.

"이 지긋지긋한 티키타카 진짜 그리웠다."

"뭐라는 거야."

"지금은 바쁘니까, 여기까지. 그 약 좀 빨리 먹으면 안 돼?"

자꾸 먹으라고 재촉하는 파랑의 행동이 상당히 의심스러웠지만, 왜 여기 왔는지 알고 싶다는 욕망이 의심을 이겼다. 이연은 때때로 마음이 복잡할 때면 속으로 여섯 글자를 주문처럼 외쳤다. 에라 모르겠다. 이번에도 마찬가지였다. 이연은 눈을 질끈 감고 약을 삼켰다. 잠시 기다렸지만, 아무 일도 벌어지지 않았다.

"난 아직도 네 나이조차 모르겠는데?"

"난 너보다 다섯 살 많아."

"그런 말이 아니잖아. 기억이 안 난다고!"

"일단 움직이자. 약효가 나려면 시간이 좀 필요하니까."

파랑은 소매에 숨긴 손목 줄을 초조하게 보았다. 이연은 반박할 근거를 찾지 못해 못 이기는 척 따라나섰다. 가다가 영 아닌 것 같으면 저번처럼 파랑을 때려눕히고 도망칠 생각이었다.

"아까 들어오는 길에 봤는데, 서쪽 담벼락 쪽 보안이 허술하더라."

"그쪽으로 안 갈 거야."

"탈출한다며?"

"응."

"배 타러 가는 거 아니야?"

"감시 때문에 배가 정박할 수 없어."

"배도 없이 여길 어떻게 나가?"

"섬에 들어온 방법으로 나가야지."

출구 없는 뫼비우스의 띠를 끝없이 걷는 기분이었다.

"그래서 어딜 가려는 건데?"

"천군의 밀실."

기억의 조각

"기억 안 나?"

이연은 묵묵부답이었다.

"걱정하지 마. 가보면 다 기억날 거야."

"넌 거길 어떻게 아는데?"

"옮겨질 때 자는 척했지만 실은 다 봤거든. 내가 암기가 좀 끝내
주잖아."

파랑은 자랑할 수 있는 포인트를 놓치지 않고 알뜰하게 써먹었
다. 이연은 팔을 붙잡고 쏘아보며 비장하게 물었다.

"천군의 밀실에 뭐가 있는데?"

"뭐가 있냐니?"

"혹시 거기 감옥이야? 설화도 사람들 중 소도로 끌려간 자들
이 있었어. 그런데 그들은 소도에 들어온 적이 없대. 혹시 밀실에 설
화도 사람들을 가둬 놓은 거야?"

"천궁에 감옥은 없어. 적어도 네가 생각하는 방식으로는. 음,
천군의 밀실에 도착하면 다 이야기해 줄게."

"감옥에 갇히지 않았으면 대체 어디로… 설마."

이연은 파랑의 처연한 표정과 마주했다.

"모두 죽었구나? 천군의 병사들이 그런 거야? 너도 그 자리에 있었어?"

"…난 여기 온 지 얼마 되지 않았어. 하지만 그 전에 어떤 일이 있었는지 천군의 병사들이 술 마시면서 하는 얘기를 들었어."

넌 뭘 했냐고 이연은 따지고 싶었다. 하지만 그럴 수 없었다. 며칠 전 천군의 병사들이 파랑을 괴롭히려고 천군의 약방 문을 열려고 할 때 사색이 된 얼굴로 사력을 다해 문을 막던 그의 모습이 떠올랐다. 파랑이 그간 다른 병사들에게 얼마나 시달렸을지 말하지 않아도 짐작이 갔다.

파랑이 안쪽에서 병사 옷을 가져왔다. 이연과 함께 설화도를 나갈 때를 대비해 미리 챙겨둔 것이었다. 이연은 커다란 나무 뒤에서 옷을 갈아입었다.

빨래하기 전에 빼돌려서 그런지 냄새가 심해 속이 메슥거렸다. 파랑은 이연의 얼굴을 가리기 위해 잎이 많은 나무를 화분에 옮겼다. 이연은 그 화분을 건네받았다. 이를 악물어야 할 만큼 무거웠지만, 들 수는 있었다. 화분 때문에 앞이 잘 보이지 않았지만, 나뭇잎 사이로 보이는 파랑의 뒤통수를 따라 조심조심 발을 옮겼다.

문밖으로 나온 뒤부터 그들은 침묵 속에서 부지런히 발을 옮겼다. 뒤통수를 뚫어지게 보며 걷는데, 그 사이로 불청객처럼 환한 빛이 어른거렸다. 젊은 남자, 늙은 여자, 유리창. 낯선 장면이 눈앞에 불쑥불쑥 끼어들 때마다 머리가 깨질 것 같았다.

불현듯 그날이 파노라마처럼 떠올랐다.

"저게 네 엄마의 필생의 업적이랜다 글쎄. 저런 것 때문에 널 팽개치다니, 저 털북숭이가 지 자식보다 중해?"

어린 이연은 소리가 나는 쪽으로 고개를 돌렸다. 눈가에 주름이 자글자글한 아주머니가 숨소리가 느껴질 만큼 가까운 곳에 있었다. 아주머니와 할머니의 경계에 있는 것 같은 늙은 아주머니는 어린 이연을 한쪽 팔에 안고 있었다.

어린 이연은 말이 더뎠다. 친모는 이연이 자신을 닮지 않아 멍청하다며, 이연을 보모에게 맡기고 연구소 일에 매진했다. 보모가 아무리 살뜰히 챙겨줘도 엄마의 정이 필요했던 걸까. 매일 밤 엄마를 찾는 어린 이연의 모습에 가슴이 아려 보모가 무작정 연구소에 데리고 온 것이다.

어린 이연은 고개를 돌려 유리 건너편을 보았다. 깨끗하게 닦여진 유리를 사이에 두고 어린 이연과 작은 털북숭이는 눈이 마주쳤다. 그들은 서로에게서 눈을 떼지 못했다. 마치 운명처럼.

"저거랑 놀고 싶어?"

어린 이연이 고개를 세차게 끄덕이자, 보모가 이연을 안고 실험실 쪽으로 다가갔다.

"저기요, 이러시면 안 돼요."

"안 되는 게 어딨어. 이 연구소가 다 윤희연 건데. 이 아이가 윤희연 딸이라니까."

보모가 막무가내로 어린 이연을 실험실에 들여보냈다. 그녀를 말리던 신입연구원은 땀을 삐질삐질 흘리며 휴대전화로 계속 윤희연에게 연락을 넣었다.

어린 이연은 작은 털북숭이에게 뒤뚱뒤뚱 걸어갔다. 조금의 망설임도 없이 다가갔다. 놀란 쪽은 작은 털북숭이 쪽이었다. 작은 털북숭이는 허둥지둥 뒷걸음질 치다가 발을 멈추었다. 벽에 등이 닿았다. 달아날 곳이 없었다. 작은 털북숭이는 미동도 없이 숨죽이고 섰다. 어린 이연은 손가락으로 털끝을 살짝 만진 뒤 탄성을 뱉었다.

"이야!"

작은 털북숭이는 조심스러운 터치와 표정에서 어린 이연이 자신을 무섭게 하려는 것이 아님을 본능적으로 깨달았다. 덩치가 큰 인간들과는 달랐다. 작은 털북숭이도 손을 내밀어 어린 이연의 볼을 살짝 만졌다. 어린 이연이 꺄르르 웃었다.

정해진 시간이 되자 실험실 천장에서 눈이 내리기 시작했다. 인공눈이 올 때마다 작은 털북숭이는 춤을 춰야 했다. 윤희연이 가르치는 게 그것이었다. 작은 털북숭이는 춤을 추고 싶지 않아서 그 자리에 웅크리고 앉았다.

"누누이."

어린 이연이 하얀 눈을 보고 말했다. 보모가 말을 빨리 틔워주고 싶어서 사람 많은 곳에 어린 이연을 데려가곤 했는데, 며칠 전 인공눈이 가득한 실내 눈썰매장에 갔었다. 어린 이연은 눈이 내리는 아름다운 모습에 기분이 날아오를 듯이 좋아졌다. 신이 나서 방방 뛰었다. 이거 안다고 자랑하듯 계속 말했다.

"누누이!"

어린 이연은 손가락 끝으로 작은 털북숭이를 가리켰다. 음악도 없는데 신이 나서 요리조리 몸을 비틀었다. 꼬맹이의 흥 넘치는 디스코였다.

"누누이! 누누이!"

신입연구원은 그 모습을 유리 너머로 보며, 어린아이 난입으로 이제까지 한 실험과 교육이 모두 수포로 돌아갈까 봐 초조하게 손톱을 물어뜯었다.

믿을 수 없는 일이 벌어졌다. 작은 털북숭이가 어린 이연을 따라 조금씩 몸을 움직이기 시작했다. 팔과 다리가 따로 노는 것 같은 저것은…. 신입연구원의 눈이 커졌다. 휴대전화를 들어 동영상 촬영을 시작했다. 조금은 어색하고 동작도 기괴하지만, 드디어 작은 털북숭이가 자발적으로 춤을 추기 시작한 것이다.

문을 열고 윤희연이 들어왔다. 윤희연은 신나서 춤을 추는 어린 이연을 거칠게 안아 들어 실험실 밖으로 데리고 나왔다. 어린 이연을 짐짝처럼 보모에게 안기며 항의했다.

"다신 아이가 이곳에 와선 안 돼요! 아시겠어요?"

"이 아이는 당신 애예요. 난 당신의 아이를 돌봐주는 사람이고."

"무슨 말씀을 하고 싶으신 건데요?"

"내가 여길 다시 찾아오길 원하지 않으면, 일주일에 한 번은 꼭 아이를 만나러 집에 오겠다고 약속해요."

"내가 얼마나 바쁜지 알아요? 드디어 실험체가 그럴듯하게 만들어졌는데, 집에 갈 시간이 어딨다고."

"일주일에 한 번이에요. 그것도 못 해요?"

"하아. 미치겠네 진짜. 내가 하는 일이 얼마나 중요한지 모르나 본데⋯."

"네에, 모르니까 설명해 보세요. 어떻게 자신이 낳은 아이보다 일이 더 중요할 수가 있죠?"

"저 녀석은 설화도의 쓰레기통이 될 거라고요!"

보모가 무슨 소리인지 당최 모르겠다는 표정으로 윤희연을 보았다. 윤희연은 팔짱을 낀 채 무지한 아줌마가 뭘 알겠냐는 식으로 깔보았다.

"설거지할 때 스펀지 쓰시죠? 그거랑 비슷한 거예요. 저 설괴가 나쁜 오물을 죄다 빨아들이는 거죠."

윤희연의 눈에는 자신이 만든 생명체에 대한 자랑스러운 기색이 가득했다. 옆에서 보고할 타이밍만 엿보던 신입연구원이 윤희연에게 다가가 조금 전 찍은 동영상을 보여주었다. 윤희연의 눈이 놀람에서 당혹스러움으로 바뀌었다.

"이게 전부야? 이렇게 몸을 움직였는데도 눈을 털 속으로 빨아들이지 못했다고?"

"네, 조금도요."

신입연구원이 난감한 표정으로 고개를 숙이자, 윤희연의 안색이 눈에 띄게 어두워졌다. 보모의 눈이 빠르게 신입연구원과 윤희연을 오갔다. 작은 털북숭이가 계획과는 다르게 뭔가 잘못되었다는 걸 눈치 챈 보모가 미소를 띠고 물었다.

"이제 아이를 보러 집에 올 시간이 좀 생겼나요?"

"…난, 시간이 없어요."

"그럼 내가 여기로 매일 출근하죠. 이연을 데리고."

보모는 할 말은 끝났다는 듯이 당당하게 어린 이연을 안아 들고 실험실을 나갔다. 손가락 빠는 버릇을 고치지 못한 이연은 엄마가 화를 내자 긴장해서 검지를 입술에 댔다.

작은 털북숭이는 몇 가지 제스처에 대해서 신입연구원으로부터 배워서 알고 있었다. 이연의 손짓은 꼭, 방금 있던 일은 우리만의 비밀이라고 신호를 주는 것처럼 보였다.

작은 털북숭이는 유리 건너편으로 사라지는 어린 이연을 향해 고개를 끄덕였다.

"하아!"

이연은 숨을 크게 뱉으며 걸음을 멈추었다. 허리를 굽혀 화분 위로 노란 위액을 토했다.

"누누이… 누누이."

어떻게 그 이름을 잊을 수가 있어. 어떻게.

며칠 전 동굴에서 손가락을 입에 대는 습관을 보고 누누이의 표정이 바뀌던 순간이 떠올랐다. 누누이는 훌쩍 자란 날 알아본 걸까? 날 살리려고 자신이 목숨 걸고 화살과 번개를 막을 테니 산 밑으로 내려가라고 한 걸까?

가슴이 천 갈래 만 갈래로 찢어지는 것 같았다. 아무리 기억 상실 유도제 때문이라고 해도 더 일찍 알아채지 못하다니. 나의 단 하나뿐인 상상의 친구. 꿈에서도 그리워하던 누누이를 못 알아보다니.

가슴 깃을 그러쥐었다. 열다섯 살, CCTV 사이트를 해킹해서 본 수많은 얼굴에서 누누이를 찾을 수 있었다. 몸만 더 커졌을 뿐 어렸을 적 모습과 판박이였다. 소도 금줄 안쪽에 덩그러니 앉아 붉은 눈으로 하늘을 올려다보던 누누이. 검은 밤하늘을 보며 눈물 흘리던 그 모습.

누누이는 자신이 춤을 추면 눈의 성분을 변화시키거나 눈 내리는 걸 멈출 수 있는 줄 알았지만, 아니었다.

누누이의 원래 목적은 하늘에서 내려오는 오물 같은 눈을 빨아들이는 것이었다. 모조리.

사람들을 죽일 만큼 독성이 강한 눈을 빨아들이는 설괴. 설화도의 쓰레기통. 그런 끔찍한 목적으로 누누이를 만든 게 바로 엄마였다.

윤희연의 바람과 달리 누누이는 눈을 흡수하지 못했고 그래서 여태껏 살아남을 수 있었다. 만약 시도 때도 없이 내리는 그 독한 눈을 모두 흡수했다면 누누이는 진즉에 죽었을지 모른다고 생각하니, 온몸이 떨렸다.

뒤에서 파랑과 이연을 부르는 소리가 들렸다.

"거기 뭐야?"

뛰어

천군의 병사가 둘을 보고 있었다. 멈추지 말았어야 했다. 기억
이고 뭐고 계속 걸었어야 했다. 그랬다면 '지나가는 천군의 병사1'로
보였을 텐데. 이연은 자책했다. 조금 떨어진 곳에서, 주전부리를 씹
으며 이쪽을 지켜보는 무리가 있었다. 그들과 눈이 마주치기 전 이
연은 고개를 돌리고 속삭였다.

"소도를 지키던 병사들이야."

파랑은 정수리가 송곳처럼 날카로워지는 것 같았다. 파랑과 이
연의 시선이 교차했다. '어떡하지'와 '큰일났다'가 물이 부족한 소스
와 면처럼 엉망으로 뒤엉켰다. 그들에게 질문을 던진 병사가 뚜벅뚜
벅 걸어왔다. 다섯 걸음, 네 걸음. 파랑은 이마에 송골송골 땀이 고
였다.

"뭐 하는 거냐니까?"

삐딱하게 몸을 옆으로 기울이며 세 걸음 앞까지 다가왔을 때,
파랑은 어깨를 펴서 제 뒤로 이연을 가렸다.

"매립장 가는 길이에요."

병사가 화분을 턱짓으로 가리키며 두 걸음 앞까지 다가왔다.

"또 죽은 거야?"

마지막 한 걸음. 병사가 식물 상태를 살펴려고 하자 파랑이 걸음을 내디뎌 가로막았다.

"병충해 때문에 전염성이 있어요."

병사는 눈살을 찌푸리며 소매로 입을 가리고 뒤로 물러섰다.

"하여간에 저런 건 소용없다니까. 빨리 치워버려."

한쪽 눈에 칼자국이 난 병사는 파랑을 전염병이 옮은 잠재적 환자처럼 불쾌하게 쳐다보며 돌아갔다. 삼삼오오 모여 있던 병사들이 또 실패한 거냐며 기파랑을 징글징글하다는 표정으로 일별한 뒤 자리를 떴다. 파랑이 안도의 숨을 내쉰 뒤 몸을 돌려 물었다.

"갑자기 왜 멈춘 거야?"

"기억이 떠올랐어."

"불시에 기억이 떠올라도 좀 참아. 밀실로 가서 마저 이야기하자."

"넌 방금 내가 떠올린 게 어떤 기억인지 몰라서 그래. 누누이가…."

"또 누누이."

파랑은 한숨을 쉬었다.

"정신 차려. 사방이 천군의 병사들이야."

이연은 입을 꾹 다물고 다시 화분을 들었다. 파랑이 먼저 움직였다. 천군의 병사 신입을 뒤에 달고 가는 관리자처럼 앞만 보고 걸었다.

이연이 한 걸음 내디딜 때마다 기억이 하나씩 떠올랐다. 기억은 친절하지 않았다. 규칙을 모르는 아이가 카드놀이를 하는 것처럼, 기억의 카드가 툭툭 마구잡이로 눈 앞에 폭죽처럼 던져졌다. 잠깐 멈춰 달라고 부탁할 수도, 볼륨이나 화면의 크기를 조정할 수도 없었다. 현기증이 일고 온몸에 열이 났다. 당장에라도 쓰러질 것 같았지만 이를 악물고 참았다.

"거의 다 왔어. 모퉁이만 돌면 돼."

안도하려는 순간, 지나가던 병사들의 대화가 이연의 귀에 송곳처럼 파고들었다.

"그 괴물 새끼를 죽였을까?"

"죽였겠지. 안 죽였으면 어때. 어차피 다 처리될 텐데."

"가죽에 손상이 가지 않게 죽여야 할 텐데."

"미친놈. 가죽이라도 벗겨서 모피로 두르려고?"

"어깨에 딱 두르면 존나 폼 날 거야. 크크."

"석유 재벌 왕자 흉내냐? 어차피 폼 나는 건 다 천군 차지야. 침이나 닦아."

"새하얀 털이 따악 내 취향인데."

천군이 얼마나 허세 쩌는 개새끼인지에 대해 심도 있게 뇌까리며 병사들은 멀리 사라져갔다. 이연은 걸음을 멈추고 화분을 바닥에 내려놓은 채 얼음처럼 차가운 눈으로 파랑을 응시했다.

"저게 다 무슨 소리야?"

"그냥 하는 소리야. 빨리 가자."

이연은 못 박힌 듯 그 자리에 서서 파랑을 정면으로 쏘아보았다. 밀실에 가면 이야기하자는 말로 더는 미룰 수 없었다. 근본적인 질문을 던져야 할 때였다. 식물학자가 왜 이곳을 몰래 떠나려는 건지.

"네가 갑자기 몰래 여길 떠나려는 거, '소도 괴물'과 상관이 있는 거지?" 이연은 팔짱 꼈다. "네가 대답하기 전까지 여기서 한 발짝도 움직이지 않을 거야."

고집을 부리는 게 얼마나 위험한 행동인지 알면서도 물러설 수 없을 때가 있다. 그만큼 중요한 문제였다. 파랑은 이연의 고집을 알기에 꼭 필요한 말만 했다.

"당장 뭘 어떻게 한다는 게 아니야. 너 먼저 육지로 보내고 설화도로 다시 올 거야. 그러니까 지금은 날 믿고, 일단 가자. 응?"

"넌 이곳을 두려워해. 누누이도 무서워하고. 넌 다시 설화도에 오지 않을 거야."

파랑은 괴물이 두려웠다. 누누이라고 다르게 부른들 그 녀석이 괴물이라는 건 변함없었다. 파랑은 누누이를 실제로 본 적이 없었다. 소도 주변을 지키는 천군의 병사로 뽑히지 않으려고 그간 뇌물을 얼마나 썼는지 모른다. 파랑은 겁이 많았다.

"넌 안 무서워? 그 괴물이… 괜찮아?"

"괴물이 아니라 누누이야."

"그 괴물만 아니었으면 네가 여기 안 왔을 거고, 나 역시 올 필요가 없었어. 이제 모두가 위험해졌어. 천군이 널 소도로 내몰았잖

아. 천군은 모든 게 까발려져도 상관없다고 생각한 거야. 진짜 이러다 무슨 일이 터질지 모른다고. 이러고 있을 시간이 없어."

"이거 놔."

"제발 좀 가자."

"놓고 말해. 그 자료로 뭘 하려는 건데?"

"섬사람들이 얼마나 고통스러운지 알려야지."

"그 전에 여기에 무슨 일이 터지면?"

파랑은 고개를 내려 시선을 피했다.

"천군은 누구이든 섬사람들이든 모두 끝장내버릴 계획인 거야. 그래서 소도를 지키는 천군의 병사들이 천궁에서 한가롭게 놀고 있는 거겠지. 그사이 넌 그 자료를 섬 밖으로 가지고 나가서 여론을 움직여서 막아볼 생각이고. 맞지?"

파랑은 대답하지 않았다.

"섬사람들도 알아야 해. 나만 여길 탈출할 순 없어."

이연은 파랑의 대답을 기다리지 않았다. 뒤돌아서 빠르게 걸었다. 심장이 미친 듯이 빠르게 뛰었다. 파랑이 말리려고 뒤따르는 게 느껴졌지만, 그 역시 뛸 수 없었다. 주위의 이목을 끌면 안 되니까.

이연은 묵묵히 앞만 보고 걸었다. 다섯 걸음이면 정문을 나갈 수 있었다. 투구를 깊이 내려쓰고 밖으로 나가려는데, 뒤쪽에서 익숙한 목소리가 꽂혔다.

"거긴 매립장이 아닐 텐데?"

돌아보지 않아도 알 수 있었다. 목소리의 주인은 천군이었다.

"다시 천궁에 오다니 간도 크군."

파랑이 이연을 향해 악을 쓰듯 소리쳤다.

"심연! 뛰어!"

거짓의 칼끝

이연은 반사적으로 뒤를 돌아보았다. 까만 눈동자가 블랙홀처럼 크게 벌어졌다. 파랑이 천군의 병사들에게 붙잡혀 사냥개들에게 잡힌 토끼처럼 발발 떨고 있었다. 여러 번 당해본 자만이 아는 두려움이 눈동자에 칼자국처럼 새겨져 있었다. 혼자 살자고 저 바보를 두고 도망칠 순 없었다.

고민할 여지도 없이 곧장 파랑 쪽으로 뛰었다. 깡마른 이연은 자신이 꽤나 민첩하다고 자부했지만, 그건 착각이었다. 매일 무게를 치며 몸 만드는 게 유일한 낙인 천군의 병사들이 엄청난 순간 속력으로 사방에서 튀어나와 그녀를 덮쳤다.

이연은 순식간에 포박당했다. 벗어나려고 몸을 비틀자 칼귀인 병사가 뺨을 세게 때렸다. 가만히 좀 있으라는 것이었다. 그는 눈치 빠른 행동에 대한 보상으로 천군의 칭찬을 기대했지만, 천군은 병사의 명치를 주먹으로 가격했다. 병사의 몸이 기역 자로 꺾였다. 천군이 복화술을 하듯, 표정의 변화 없이 나직이 일렀다.

"절대 심이연 얼굴은 안돼. 잊었나?"

"죄, 죄송합니다."

천군은 이연의 턱을 잡고 얼굴을 좌우로 돌려 자세히 보았다.

"미열이 있군. 식은땀도 나고."

턱 끝에 맺힌 땀을 슥 닦아 냄새를 맡은 후 입꼬리를 올렸다.

"라벤더 향이군. 기억 유도제를 먹었구나?"

천군은 알 만하다는 표정으로 파랑을 쳐다본 뒤, 천군의 병사들에게 지시했다.

"심이연이 문제를 일으키면 저놈을 때려라."

"그게 무슨 거지 같은 소리야!"

이연이 몸을 거칠게 비틀자 옆에서 퍽 소리가 울렸다. 병사가 이 순간만 기다린 듯 온 힘을 다해서 파랑을 때렸다. 파랑의 몸이 아래로 푹 꺾였다.

"날 때려. 차라리 날 때리라고!"

또다시 파랑에게 폭력이 가해졌다. 이연은 옴짝달싹할 수 없는 이 상황에 미쳐버릴 것 같았다. 천군이 왜 내 몸엔 손대지 못하게 하는 거지? 내가 뭐라고!

기시감이 들었다. 이런 일이 처음이 아니었다. 며칠 전 감히 천군의 약방을 도둑질하려다 현장에서 발각됐는데도 소도로 추방했을 뿐, 때리거나 죽이지 않았다. 쏘아대던 화살 역시 한 발도 맞지 않았고. 확률적으로 그게 말이 되나? 천궁에 몰래 잠입했던 자들이 그 자리에서 죽고, 소도로 추방됐다고 알려진 자들 역시 천궁으로 옮겨져 죽었다. 그런데 천군은 나만은 살려주었다. 상처 하나 없이.

손끝 발끝으로 피가 빠져나가는 것처럼 온몸이 차가워졌다.

이연은 얼굴이 사색이 되었다. 이제껏 천군이 나만 봐준 거야. 대체 왜?

이연이 머릿속으로 그 이유를 파고드는 사이 천군의 병사들은 둘을 천군의 우물이 있는 마당으로 옮겼다. 천군은 사방이 탁 트인 풍광을 보며 심판하고 싶어 했다. 파랑과 이연을 마당에 억지로 무릎 꿇린 후, 천군은 계단 위 의자에 느긋하게 앉았다.

"블루스카이는 거대한 바다이고 모두가 그 파도에 몸을 실었다. 너희들이 활개 치는 건 태풍 앞의 나뭇잎일 뿐이야. 발악해봤자 흔적조차 남기지 못할 것이다."

또 시작이었다. 준비한 듯한 연극적인 말투. 이연은 바닥에 꿇어앉은 위치상 어쩔 수 없이 계단 위의 그를 올려다보았으나, 눈빛만큼은 불타는 적의를 오롯이 담았다.

"블루스카이?"

"아직 거기까진 떠오르지 않은 것인가? 설화도로 끌려온 사람들은 모두 육지에서 죄를 지어 붙잡혀 온 이들이다. 이 설화도는 코아 하늘 전체에 설치된 블루스카이의 쓰레기통이지. 그래서 오직 설화도에만 산성눈이 내리는 거고."

빛을 반사하는 황산염 입자들을 쏘아 올리면 성층권으로 올라가 지구의 온도를 화씨 1도 가량 낮출 수 있었다. 비용 문제도 크게 걱정할 필요가 없었다. 하지만 황산염 입자들이 구름이나 빗방울에 섞여 산성눈이 내리는 것이 문제였다. 그래서 만든 것이 블루스카이였고, 하늘을 가득 메운 블루스카이 외곽에 구멍을 뚫어 산

성 쓰레기를 인공섬으로 몰아주었다.

이연은 짓씹어 뱉듯이 말했다.

"전 세계에 내려야 할 산성눈을 설화도가 대신 맞고 있는 거다?"

"아직 전 세계까진 아니고, 오직 '코아'만."

지구의 온도 조절 장치에 손댈 권리에 대한 외교적 권력 싸움은 차치하고서라도, 이상적인 지구의 온도를 설정해야 하는 것부터 문제였다. 각국 정상들은 이에 대해 방향을 잡지 못하고 있었다. 그러던 중 코아가 독단적으로 일을 감행했다. 설화도는 코아의 블루스카이 베타 버전이었다.

"'자신이 싼 똥은 자신이 치운다.' 이게 블루스카이의 모토지."

산성눈 문제를 자국의 영토에 인공섬을 만들어 해결한다는 것이었다. 천군이 이야기하는 사이 병사들이 여러 번 해본 듯 탁자 위에 고문 도구를 전시하듯 펼쳤다.

"우릴 고문하려고?"

"기파랑 저놈만. 걱정마라. 약속대로 넌 안 건드릴 테니까."

"무슨 약속?"

이연의 질문은 무시당했다. 천군이 고개를 끄덕이자 병사들이 설레는 눈빛으로 파랑만 집중적으로 고문했다. 파랑이 비명을 지를 때마다 이연은 제 살이 타는 것처럼 괴로웠다.

"그만해! 내가 가만히 있는데, 왜 파랑을 괴롭히는 거야!"

"기파랑이 기억 유도제를 너한테 줬을 거야. 그 죄부터 물어야지."

천군이 미소 지었고 병사들 얼굴에도 웃음이 번졌다. 사람이 사람에게 고통을 주면서 웃을 수 있다는 것에 이연은 인간에 대한 신뢰가 산산이 깨져버리는 것 같았다. 그들을 향해 바락바락 소릴 질렀다.

"너희들이 이러고도 무사할 것 같아? 내가 육지에 가서 다 말할 거야!"

"이 자료를 들고 코아 대통령에게라도 쪼르르 달려가겠다는 것이냐?"

"블루스카이를 없앨 수 있는 자한테 갈 거야. 이곳이 얼마나 끔찍한지 모두가 알게 할 거야! 진실을 알면 다들 가만 있지 않을 거라고!"

"진실이라…." 천군이 계단에서 천천히 내려왔다. "진실을 가르쳐줄까?"

숨 막히는 침묵 속에서 천군이 이연의 눈을 들여다보았다.

"역시 기억이 다 돌아오지 않았나 보군. 블루스카이를 없앨 수 있는 자한테 가서 모든 것을 말하겠다는 그 결의, 심이연 너라면 충분히 할 수 있을 거다." 천군은 이연을 향해 악마처럼 속삭였다. "네 아버지가 코아의 대통령이니까."

모두가 죄인

"말도 안 돼."

나 대신 파랑이 고문당해야 하는 이유가 이거였어? 아무리 그래도 어떻게 사람을 고문하고, 죽이지? 어떻게 사람이 사람을…. 천군의 손등이 눈에 들어왔다. 물방울 모양 문신이 그려져 있었다.

"눈물 문신은 교도소에서들 하는 건데…."

"이걸 알아보다니, 기억이 많이 돌아왔나보구나?"

교도소에서 복수를 이루었을 때 문신으로 새긴 눈물을 검은 잉크로 채우고, 복수를 이루지 못했을 때는 비어 있는 눈물로 표시한다고 한다. 그의 손등에 그려진 눈물은 죄다 검게 채워져 있었다.

"천군 자리는 권력자들에게 제안이 갔지만, 그들은 모두 거절했지. 천궁 위쪽은 투명 돔이라 산성눈에서 안전하다고 해도 영 미덥지 않았던 거지." 천군은 꽤 재미있는 이야기를 하듯 웃음을 깨물고 말을 이었다. "돌고 돌다 얼마 전 나에게까지 제안이 왔지. 자유와 권력을 줄 테니 섬에서 왕 노릇 해보겠느냐고."

천군과 천군의 병사들은 교도소 복역이 남은 자 중 일정 자유를 빌미로 이곳으로 옮긴 것이었다. 그들에게 이곳은 자유의 땅이었다. 생각이 꼬리물기처럼 이어지다 한곳에서 멈췄다.

"기파랑 넌 아니지?"

"난 식물학자야. 죄를 짓지 않았어. 난⋯."

천군이 손을 휘저으며 파랑의 말을 끊었다. 천군의 지시에 병사가 패드를 가져왔다.

"저 녀석이 무슨 죄를 저질렀는지 직접 보라고."

녹화된 CCTV 영상이 패드에 떴다. 흑백 화면에 다짜고짜 토끼 가면을 쓴 강도가 등장했다. 범행 장소는 은행이었다. 토끼 가면을 쓴 자가 가방에서 총을 꺼내 천장을 향해 쏘았다.

"돈 가져와. 돈!"

배에 힘을 잔뜩 준 목소리의 주인은 파랑이었다. 은행직원이 허겁지겁 돈을 가방에 담는 동안, 화면 끝에서 한 남자가 움직였다. 몸이 건장했고 머리카락이 특히 짧았다. 화질이 좋지 않아 얼굴은 잘 보이지 않았지만 딱 봐도 사복 경찰 같았다. 점퍼 안주머니에서 권총을 몰래 꺼내 들었다.

"총 내려!"

파랑이 몸을 돌려 경찰을 향해 총을 쏘았다. 순식간에 벌어진 일이었다. 남자가 고꾸라졌다. 한 발의 총성이 울린 후 파랑은 고개를 들어 천장을 보았다. 상황을 찍고 있던 CCTV를 향해 총을 쏘았다. 뒤이어 검은 화면으로 바뀌었다.

잠시 후 경찰서 심문 녹화본이 화면에 떴다. 토끼 가면이 책상 끝에 올려져 있었고, 파랑은 수갑으로 손이 묶인 채 가면을 쏘아보고 있었다.

"기파랑. 넌 현직 경찰인 내 동료를 쐈어. 이제 넌 인생 종 친 거야!" 수사 경찰의 으름장에도 파랑은 넋이 빠진 듯 가면만 쳐다보고 있었다. "빚도 없는 놈이 갑자기 돈이 왜 필요했어? 도박에 빠졌나? 아님 여자 때문에?"

파랑이 고개를 돌려 천장과 벽면이 맞닿는 모서리를 보았다. 파랑은 CCTV만 노려보았다. 화면은 거기서 정지되었다.

천군이 이죽거렸다.

"재판 기록도 보여줄까? 정부 고위 관계자와 면회 장면도 있지."

조작이 아니라면, 저게 진짜라면, 그렇다면…. 생각이 꼬리를 물고 이어졌다. 잠시 후 이연은 입을 열었다.

"다른 사람들 건 더 없어요? 망태 할아버지 영상은요? 수정 언니 거는요? 진구 오빠 건 왜 안 보여줘요? 보여줘요. 그것도 다 보고 싶으니까."

"…욕심이 많군."

천군은 가소롭다는 듯 피식 웃으며 얼굴을 돌렸다. 하지만 이연은 보았다. 천군의 눈가가 파르르 떨리는 것을. 이연은 눈이 가늘어졌다. 목소리도 낮아졌다.

"섬사람들은 죄인이 아니야. 그래서 증거 영상이 없는 거지."

"그들은 죄인이다."

천군이 단호하게 말했지만, 이연은 믿지 않았다.

"설화도엔 아이가 없어. 다들 설괴가 아이를 잡아먹어서 없는 거라고들 했지만, 아니. 아이는 통제하기 힘드니까 섬으로 데려오지 않은 거야. 그래서 내가 설화도에서 제일 어린 거지." 이연은 빠르게 머리가 돌아갔다. 그리고 나지막이 말했다. "설화도로 잡혀 온 사람들은 높으신 분들 입맛에 안 맞는 사람들이었겠지. 그래서 그들을 편리하게 통제하기 위해서 기억상실 유도제를 마을 우물에 푼 거고."

천군의 침묵이 이연의 추측을 긍정했다. 설화도에서는 천군의 우물만 깨끗하다. 기억상실 유도제의 단점은, 사람이 물을 마셔야 살아갈 수 있다는 사실조차 잊어버리는 사람들이 발생한다는 것이다. 기억상실 유도제가 섞인 물을 오랜 시간 마시지 않으면 과거의 기억이 떠오르기도 한다. 하지만 그런 사람은 섬의 규칙을 어겼다는 억지 죄목을 붙여 소도로 추방했다. 천군의 병사들이 은밀히 처리한 뒤, 설괴가 잡아먹었다는 소문을 퍼트렸다.

"설화도가 처리되면 천군은 안전할 것 같아? 천군도 함께 쓸어버리겠지. 그래야 깔끔하니까. 그래서 날 인질로 잡아서 권력자들과 어떻게 해보려는 거 아니야?"

이연이 브레이크가 고장 난 것처럼 거침없이 뱉자, 천군이 휴대전화를 꺼냈다.

"이참에 확실하게 해두자고."

통화 연결음이 스피커폰으로 울렸다. 한참 후 딱딱한 목소리가 들려왔다.

"대통령 각하께선 지금 바쁘십니다."

"내가 각하 딸을 잡고 있는데도, 또 바쁘시다?"

"소도의 일은 잘 처리하라고 제가 이미…."

"너 같은 바닥 말고 윗대가리 연결해."

"…연결하지 않으면?"

"내가 심이연을 어떻게 다룰지 기대하라고."

천군은 영상통화로 돌린 뒤 병사들에게 뜨거운 맛을 보여주라고 지시했다. 병사들은 이연의 뺨을 때렸다. 이연은 고개가 홱 돌아갔고 입술이 터졌다. 그건 시작일 뿐이었다. 기다렸다는 듯 이연 쪽으로 인두를 가져갔다.

전화가 뚝 끊겼다. 상대 쪽에서 끊어버린 것이다. 천군의 눈이 뒤집혔다.

"내가 못 할 줄 알고?"

말을 뱉을 때마다 굵은 침이 사방으로 튀었다. 직접 처리하겠다며 천군이 고문 도구 중 날카로운 흉기를 손에 쥐고 나서는 그때, 저 멀리 천군의 약방 쪽에서 다급한 외침이 들렸다.

"불이다! 불이야!"

"으악! 살려줘!"

꼬리물기처럼 병사들의 비명이 들렸다. 천궁 위를 둘러싼 투명 돔 때문에 매캐한 연기가 천궁 안쪽에 빠르게 퍼져서 앞이 보이지 않았다. 눈으로부터 보호하기 위해 만든 구조가 화재에는 오히려 더 취약한 단점을 극명하게 드러냈다. 병사들이 기침하며 우왕좌왕

하는 사이 함성은 손에 닿을 만큼 성큼 다가왔다.

병사들은 소매로 입을 가리기 위해 이연을 놓았지만, 이연은 도망칠 수가 없었다. 연기 때문에 눈이 따가워 잘 떠지지 않는 데다, 몸이 밧줄로 묶여 있어 연기로부터 얼굴을 가릴 수가 없어서 기침은 더 심해졌다.

눈물이 줄줄 흘렀다. 눈을 감았다 떠서 고인 눈물을 흘려보낸 뒤 앞을 보았다. 멀리서 달려오는 사람들의 모습이 시시각각 커졌다. 제 눈과 귀를 의심했다. 소리를 내지르며 무기로 거침없이 천궁을 부수고 공격하는 섬사람들 중심에, 누누이가 있었다.

마법의 눈

천궁의 불이 거세게 타올랐다.

섬 사람들은 모두 방독면을 쓴 반면 병사들은 맨얼굴이라 기침하느라 속수무책으로 당했다. 그들의 손에 들린 건 농기구를 개조한 조악한 무기가 아니었다. 여기까지 오면서 쓰러뜨린 천군의 병사들에게서 빼앗은 것들이었다.

매캐한 연기를 뚫고 누누이가 이연의 등 뒤로 왔다.

"내가 풀어줄게."

누누이가 밧줄을 좌우로 당겨서 끊어버렸다. 이연은 누누이를 다시 보게 되자 너무 반가워서 눈물부터 났다. 루비처럼 붉게 빛나는 두 눈이 가슴에 박혔다. 누누이의 팔을 붙잡고 울먹울먹한 목소리로 말했다.

"왜 얘기 안 했어. 내가 누군지⋯ 다 알면서 왜 그랬어."

"기억났어?"

"⋯응."

세차게 고개를 끄덕인 뒤 누누이를 꽉 껴안았다. 다시는 놓치지 않겠다며. 누누이 역시 소중한 것을 되찾은 듯 이연을 꼭 안았다.

액션 영화의 한가운데 둘만 감동 휴먼 드라마를 찍고 있는 것처럼, 오직 누누이와 이연만 장르도 감정도 시간도 다르게 흐르는 것 같았다.

그사이 다른 사람들은 병사들을 하나씩 쓰러뜨렸다. 병사들은 눈이 보이지 않는 상태라 설화도 사람들의 공격을 피하는 데에만 급급했다. 몇몇이 고문 도구를 무작정 휘두르며 발악했지만, 연기 때문에 호흡도 어려워 명중률은 제로였다.

망태 할아버지는 파랑을 묶은 밧줄을 풀어주며 말했다.

"여긴 우리가 맡을 테니 너희는 빨리 이곳을 나가라."

"쿨룩, 쿨룩. 어떻게 된 거예요?"

파랑과 망태 할아버지 사이로 병사가 쓰러졌다. 목수 아저씨의 일격이었다. 이연은 누누이에게서 몸을 떼고 그를 보았다. 보는 순간 알았다. 자신과 같은 눈이었다.

"약을 드셨어요?"

"네가 버린 걸 찾았다."

우물의 물을 먹지 않아서 기억상실 유도제가 힘이 약해진 틈을 타, 가장 먼저 기억을 찾은 망태 할아버지가 소도로 올라갔다. 그들을 설득했고, 목수 아저씨가 금줄 아래 눈밭에서 이연이 버린 약병을 찾아낸 것이다.

"지원병이 몰려오기 전에 어서 그걸 챙겨서 섬을 나가라."

"그거라뇨? 뭘 말하시는 거예요?"

아주머니가 빼앗은 전기 충격봉으로 병사 둘을 연속해서 쓰러뜨린 뒤 소리쳐 답했다.

"망태 할아버지가 마법의 눈을 만든 사람이야!"

병사들과 사람들이 한데 엉켜 우왕좌왕하는 사이 천군이 밀실로 도망가려고 하자, 목수 아저씨가 뛰어가 막대기로 천군의 뒤통수를 갈겼다. 인두를 들고 설치는 병사는 네 사람이 그 위로 덮쳐서 쓰러뜨렸다. 투명한 줄로만 알았던 천장에서 물이 쏟아지기 시작했다. 요란한 사이렌 소리 사이로 AI 목소리가 재생되었다.

"건물에 화재가 발생했습니다. 모두 질서정연하게 밖으로 대피해주시길 바랍니다. 다시 알려드립니다. 건물에 화재가 발생했습니다."

불이 점차 꺼지고 연기가 일순에 가라앉으면서 천군의 병사들이 손에 무기를 고쳐 쥐었다. 설화도 사람들은 방독면을 벗어 던졌다. 그들 역시 무기를 쥔 손에 힘을 주고 그들에게로 달려갔다.

"심연, 어서 가자!"

혼란한 와중에 파랑이 이연의 손을 잡고 달렸다. 이연은 누누이의 손을 잡았고. 셋은 천궁의 정문을 향해 내달렸다. 인공 살수가 온몸에 퍼부어져 머리가 얼얼하도록 차가웠다. 호흡이 가빠지고 굵은 물방울 때문에 눈앞이 흐려진 중에도 오히려 머릿속은 명징해졌다. 오직 하나의 단어가 네온사인처럼 깜빡였다. 망태 할아버지가 중얼거리던 노래가 힌트였다.

마법의 눈이, 그거였다니. 천궁의 정문을 뚫고 나온 셋은 허리를 꺾고 켁켁거렸다. 속옷까지 모두 젖은 채로 바깥의 찬 기운을 직

격으로 맞자, 순간 호흡이 멎을 만큼 추위에 정신이 아찔했다. 다시 천궁 안으로 들어가야 하나 고민될 만큼 너무 추워 가슴께가 아팠다. 옆에서, 별안간 누누이가 거대한 강아지처럼 온몸을 푸르르 흔들어서 물기를 털어냈다. 파랑과 이연은 피할 새도 없이 물폭탄을 고스란히 맞았다.

"아우, 누누이! 물! 어푸!"

"얼른 흔들어. 그럼 물이 날아갈 거야!"

"우리가 강아지도 아니고…."

"그러니까! 강아지처럼 흔들어! 그럼 덜 추워!"

강아지가 뒷발로 기타치듯이 갈퀴손으로 머리카락 속으로 넣어 물기를 털어볼까 고민하는데, 낯선 남자의 목소리가 들렸다.

"이게 다 무슨 일이지?"

셋은 일제히 고개를 돌렸다. 조금 떨어진 곳에 건장한 남자가 서 있었다. 입가에 까마귀 발자국 같은 주름이 자잘하게 많았지만, 나이를 가늠할 수 없었다. 이연이 누누이를 제 뒤에 숨기는 데 반해, 파랑은 오히려 한 발 앞으로 나섰다.

"일행이에요. 같이 나갈 거예요."

남자는 천군의 밀실 끝에서 기다렸지만, 불이 나면서 상황이 심상치 않게 돌아가자 다른 길을 통해 천궁 밖으로 나와 입구에서 그들을 기다리고 있었다고 했다. 경계심을 풀지 않은 채 이연과 누누이를 쏘아보다가 파랑을 향해 물었다.

"자료는 어디 있지?"

"고문받기 전에 병사들에게 빼앗겼어요."

"그럼 내가 여기까지 온 의미가 없잖아?"

이연은 파랑과 남자의 짧은 대화를 통해 상황을 유추했다. 설화도를 탈출하려면 자료에 상응하는 대가가 필요하다는 것을.

"내가 파랑이 모은 자료보다 더 센 걸 줄게요. 마법의 눈이요."

남자의 시선에 칼날이 번뜩이는 것처럼 차가운 빛이 어렸다.

"그 광고 캐치프레이즈?"

"맞아요. 그 빌어먹을 CCTV."

— 응 음음 웅웅웅. CCTV가 마법의 눈으로 세상을 지킵니다!

망태 할아버지가 흥얼거리던 노래는 광고 CM송이었다. 그는 배터리가 오래 가고, 화질이 선명하고, 소리도 잘 담으면서, 송신 범위가 넓은 신개념의 CCTV를 만든 개발자였다. 삼 년 전 오피스텔에서 이연을 감시하던 검은 점의 개발자인 그는 코아 정부에 기술을 판 대가로 엄청난 부를 챙겼다.

어느 여름 남태평양 섬으로 휴양을 떠나기 전, 그는 위스키에 취해 계약 조건을 어기고 자신이 개발한 CCTV 망에 은밀히 접속했다. 정부가 엄청난 고액을 주고 전량을 사들인 마법의 눈 CCTV를 어디에 설치했는지 몹시 궁금했다. 그 호기심이 결국 그를 설화도로 이끌었다.

남자는 지체하지 않고 명령을 내렸다.

"빠르게 움직여야 하니 팀을 나누도록 하지."

남자와 이연이 한 팀이 되고, 누누이와 파랑이 팀이 되어 섬을 돌며 마법의 눈을 수거하기로 했다. 카멜레온처럼 교묘하게 숨겨진 초소형 CCTV를 하나씩 챙기면서도 이연은 경계를 늦추지 않았다. 남자가 딴짓하지 않는지 살피는데, 조금 떨어진 곳에서 누누이의 비명이 들렸다.

"누누이!"

CCTV를 팽개치고 냅다 그곳으로 달려갔다. 남자는 침착하지만 빠르게 CCTV를 챙기고 이동했다. 소리가 들린 지점에 도착해 보니, 예상치 못한 일이 벌어져 있었다. 천궁으로 복귀하지 않은 병사가 파랑과 몸싸움을 벌이고 있었다. 한쪽 옆에서 누누이는 어째야 할 바를 몰라 그러지 말라고, 도와 달라고 소리쳤다.

한데 뒤엉킨 둘 사이에 섣불리 끼어들지 못하고, 이연은 주변을 훑으며 무기로 쓸만한게 없는지 살폈다. 돌멩이라도 찾으려고 두 손바닥으로 정신없이 바닥을 훑는데, 조금 늦게 도착한 남자가 몸싸움을 벌이는 파랑을 향해 말했다.

"기파랑! 물러서. 우린 충분히 마법의 눈을 수거했으니 몇 개 정도는 없어도 돼."

"그 안에 칩이 모두 없을 거예요. 이놈이 그걸 다 없애고 있었어요!"

천군의 병사가 씩씩거리며 파랑의 팔을 뒤로 꺾으며 으르렁거렸다.

"CCTV는 안 돼! 거기엔 모든 게 담겨 있다고!"

이연과 남자는 수거한 CCTV를 열어서 안쪽을 보았다. 파랑의 말대로 죄다 칩이 사라지고 없었다. 이연은 파랑을 밀치고 병사의 멱살을 틀어쥐었다.

"어딨어? 안에 있는 칩 다 어쨌냐고!"

병사가 씨익 웃으면서 혀를 길게 뺐다. 칩을 찾는 족족 꿀꺽 삼킨 것이다.

"그게 까발려지면 난 제2의 설화도 죄수로 오겠지. 절대 그럴 순 없어! 난 다음 섬에서도 천군의 병사로 갈 거야! 젠장맞을 섬 주민이 아니라 권력자가 될 거라고!"

"미친!"

이연은 병사에게 주먹을 날렸다. 하지만 그간 천궁에서 잘 먹고 잘 잔 병사가 훨씬 더 빨랐다. 목숨을 건 격전에서는 속도가 생사를 갈랐다. 병사는 이연을 밀치고 도망쳤다. 뒤이어 파랑이 병사를 잡으려고 뛰려던 그때, 믿을 수 없는 소리가 귀에 꽂혔다.

총성이 섬을 울렸다. 본능적으로 몸을 쥐며느리처럼 웅크렸다. 잠시 후 이연은 휘파람처럼 울리는 귀를 붙잡고 비틀거리며 몸을 일으켰다. 파랑, 누누이, 남자. 모두 확인했다.

병사는 눈밭에 쓰러져 있었고 붉은 피가 하얀 눈 위로 번졌다. 남자의 손에 총이 들려 있었다.

"어떻게 총이…."

이연은 말을 채 끝맺지 못했다. 누누이는 이연의 등 뒤로 숨었다. 파랑 역시 갑자기 벌어진 이 상황에 넋이 나간 표정이었다. 침착한 것은 오직 남자뿐이었다.

"그 총 뭐예요! 어떻게 총을 가지고 있냐고요!"

"걱정하지 마라. 이 총은 합법적이니까. 그리고 머리를 쏜 것도 아닌데 호들갑스럽게 굴지 말고."

"그게 대체… 당신 누구야? 누구냐고!"

"난 장령이다. 직업은 경찰이고."

간단히 자기소개 후, 그가 병사를 둘러메고 앞서 걸었다. 총으로 쏘긴 했으나 병사를 여기서 죽게 내버려 둘 생각은 없는 것 같았다. 하지만 이연은 그가 미덥지 않았다. 주저 없이 사람을 향해 총을 쏘는 사람이었다. 온몸이 떨려왔다. 추위 때문만은 아니었다. 본능적인 두려움이 앞섰다. 파랑이 주저앉은 이연을 일으켰다.

"지금 가야 해. 아니면 기회는 없어."

고개를 돌려 누누이를 보았다. 누누이는 겁을 먹은 듯했다. 장령이란 남자를 믿지 못하더라도, 한시라도 빨리 이곳을 나가야 한다는 것에는 다들 동의했다. 이연은 누누이의 손을 잡고 뒤를 따랐다.

감춰진 지하 굴을 통해 이동했다. 병사를 둘러업은 장령, 파랑, 누누이, 이연 순으로 한 줄로 서서 걸음을 옮겼다. 은밀히 만든 길이라 통로가 좁아 덩치가 큰 누누이는 어깨를 옹송그리고 숨을 멈춘 채 한 발 한 발 내디뎠다.

모두 침묵한 상태로 앞사람 뒤통수만 보고 걸었다. 불빛이라곤 맨 앞의 장령의 휴대폰에서 새어나오는 라이트가 전부였다.

이연은 걸으면서도 이 상황이 믿을 수가 없었다. 섬 아래 이런 비밀 통로가 있는 줄은 상상조차 하지 못했다. 이건 기억의 문제가 아니었다. 처음 보는 길이었다. 파랑도 모르는데 장령은 알고 있다. 대체 언제부터 준비된 걸까. 저자는 누구일까. 이 길 끝에는 정말 탈출구가 있는 걸까. 만약 이게 또 다른 함정이라면? 생각이 복잡해지자 호흡이 거칠어졌다.

얼마나 시간이 지났을까. 토굴로 이어진 끝에 다다르자 철문이 보였다. 빡빡한 철문을 열자, 눈을 뜰 수 없을 만큼 밝은 빛이 한꺼번에 쏟아졌다. 눈을 찌푸린 채 손을 들어 앞을 가렸다.

눈이 빛에 적응되자 영화에서나 볼 법한 거대한 해저터널이 펼쳐져 있었다. 한쪽에 군용 트럭이 세워져 있었다.

"여, 여기가…."

"천군의 밀실 바로 아래야."

파랑이 이제 다 됐다며 이연의 어깨를 잡았다. 그사이 다친 병사를 뒤쪽에 싣고 누누이, 이연, 파랑이 연이어 올라탔다. 장령은 운전석에 앉았다. 무거운 침묵이 차에 빡빡하게 들어찼다. 장령이 열쇠를 돌려 시동을 걸자 거친 엔진소리가 터널을 울렸다. 무미건조한 음성을 혼잣말처럼 던졌다.

"이제 육지로 가자고."

(『예티와 나 ― 코아 편』에서 계속됩니다.)

작가의 말

이 이야기는 아주 오래전 꿈에서 본 붉은 눈으로부터 시작되었습니다.

덩치가 큰 하얀 괴물이 붉은 눈으로 저를 고요하게 응시했는데, 그 모습이 몹시 슬퍼 보였습니다. 꿈에서 깨고 나서도 혹시 영화속 장면을 착각한 게 아닌가 싶을 정도로 잔상이 오래 남았습니다.

당시엔 학창 시절 으레 찾아오는 학업 스트레스 때문이라고 여기고 가볍게 넘겼고, 어른이 되어서도 꿈에서 본 그 붉은 눈이 이따금 떠오를 때도 당장 처리해야 할 더 시급한 일들에 뒤로 미뤄졌습니다.

그러다 몇 년 전, 저를 쫓아다니던 그 붉은 눈을 마주하기로 결심했습니다. 별다른 일은 없었지만, 왠지 이제는 준비가 되었다는 느낌이 들었습니다.

전설의 동물인 것 같은데, 눈이 붉다는 건 녀석이 악당이라는 걸까. 근데 왜 눈이 슬퍼 보였지? 왜 그 눈은 다른 꿈이 그러했듯 눈 녹듯 잊히지 않고 어딘가에 갇힌 것처럼 계속 돌고 돌아 메아리치는 걸까.

붉은 눈이 슬퍼 보인 이유가 무엇인지 알고 싶어서 스스로에게 질문을 던지며 집요하게 파고들며 이야기에 매달렸습니다.

기후 위기를 해결할 목적으로 만들어진 누누이는 저주를 내리는 대상으로 오해받는 고통스러운 삶을 살면서도 선한 마음을 지푸라기처럼 꼭 쥐고 있는 괴물입니다. 어린 시절 이연과의 애틋한 추억이 지난한 슬픔 속에서도 누누이가 꿋꿋하게 버티게끔 붙들어 주었다고 생각합니다. 소중한 추억은 언제나 힘이 있으니까요.

설화도의 동굴에서 이연이 누누이가 이제껏 혼자 삭혀 왔을 고통을 똑바로 마주하면서 크게 소리 내어 울 수 있도록 돕는 모습을 그리면서, 저는 제가 오래전 꿈에서 본 그 붉은 눈의 괴물에게 해주고 싶었던 게 바로 이것임을 깨달았습니다.

— 혼자 슬퍼하지 마. 네 곁에는 내가 있잖아.

누누이에게 하고 싶은 말이면서, 또한, 자신이 혼자라고 느끼며 외로운 섬처럼 살아가는 오늘의 우리에게 해주고 싶은 말입니다.

앞으로 누누이가 이연과 함께 자신의 세계를 넓히며 더 많은 친구를 만나서 거침없이 변하고 또 나아가는 모습으로 여러분과 다시 만나길 고대합니다.

우리가 건네는 다정함이 세상을 바꿀 거라고 믿으며.

2024년 7월

김영리